NF文庫
ノンフィクション

特攻基地の少年兵

海軍通信兵15歳の戦争

千坂精一

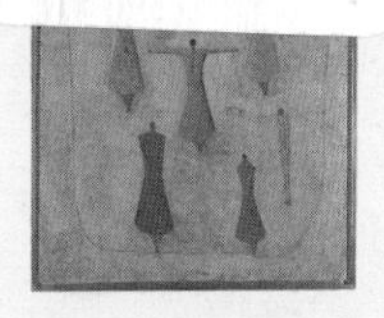

潮書房光人社

特攻基地の少年兵——目次

第一部　軍国少年

第二部　海軍練習生

第三部　南九州特攻基地

鹿児島の第二国分基地での第七〇一海軍航空隊の通信兵たち。中央が筆者・千坂上等水兵(当時満15歳)で、搭乗員から貸してもらったマフラーを巻いている。後ろの3人は左から先輩の関根二曹と岩上兵長、筆者と練習生同期の藤田稔上等水兵。昭和20年初夏頃の撮影

長野県上田市に住んでいたころ、父親に買ってもらった三輪車にまたがって

昭和11年春、杉並区立桃井第二小学校入学時に母と弟と一緒に撮った記念写真

桃井第二小学校１年生の初めての遠足では、石神井公園に行った

昭和17年、小田急電鉄に勤める近所の奥田さんと江ノ島に行ったときの写真(右端が筆者)

昭和17年、東京高等師範学校附属高等科の1年生全員で撮った写真で、最後列右端が筆者。最前列右2人目から剣道の湯田幸吉教官、担任の進藤勝美教官、日本史の宮腰他一雄教官

昭和19年5月、防府海軍通信学校入校時の筆者（当時満14歳）。入校者は居住区の屋舎の前で一人一人写真を撮られた。正面から照りつける太陽がまぶしかったことを憶えている。すでに一等水兵の階級章を右袖に付けている

海軍通信学校への入校を控えて、母と撮った記念写真。母の顔つきは、あまり嬉しそうには見えない

第二国分基地で通信科の少尉と

第二国分基地の通信兵たち。前列3名は同期の上等水兵で右端が小野田、左端が筆者。後列右から木村兵長、倉田上等水兵(筆者同期)、左端は石塚兵長

国分基地に一緒に配属された同期藤田稔一等水兵(左)と筆者。先任下士官の指示で、初めての外出時に写真館で撮って母に送った写真

特攻基地の少年兵

海軍通信兵15歳の戦争

第一部　軍国少年

十五年戦争とともに

「不景気だぞ、不景気だぞ」

私は、昭和五年（一九三〇）一月三十日に長野県上田市三好町に生まれた。

三好町というのは、上田駅から別所温泉に通ずる街道が千曲川（ちくまがわ）に架（か）かる上田橋を渡ったさきに広がる閑静な住宅地である。

家族は、両親、祖父母、曽祖母の五人であった。

家は、かなり大きな二階建てで、一階に集会所になりそうな大広間があった。なぜか門の両脇に巡査派出所（交番）と消防団の機材収納庫があって、用心がよかった。

父は国立上田蚕糸専門学校（現信州大学繊維学部）関連の出版社に勤めていたそうだが、祖父は定職についていなかったようで、米沢市や長野、新潟県内などをまわって中世のころを取材していたらしく、『信濃史蹟読歌集』や『川中島古戦場懐古録』『上杉関係古文書、系譜』など筆で書き写したものが遺（のこ）っている。

また、上田原及び川中島古戦場史蹟保存会の副会長をやっていたころ、家にあった刀槍鎧兜などを売却して資金をつくり、保存会の人たちを動員して真田時代の甲冑を借り受け、馬を調達して軍団で上京、日比谷公園で川中島合戦を再現させたこともあったという。

これはそのときの写真が遺っていたことから、母に聴いた話である。

東京に転居してからの祖父は日本赤十字社に勤めたということだったが、常勤ではなかったらしく、毎日出勤してはいなかった。

そのかわり、上杉家になにかの行事があると、なにはさておき、紋付き羽織袴に白足袋の正装で出かけて行ったのを、なんどか見かけたことがある。

私の生まれたころは、三年まえの金融恐慌に端を発した大不況の最中だったそうで、母から聴いた話によると、父が嬰児の私を抱いてあやしながら、

「不景気だぞ、不景気だぞ」

と繰り返し子守唄のように呟いていたというし、父とおなじ職場にいた叔父も、ときおり当時を振り返って、『大学は出たけれど』という深刻なタイトルの映画が封切られるほど就職難だった、と回想していた。

満州事変勃発

翌年、九月十八日に中国東北部奉天（現瀋陽）北方の柳条湖付近で日本の関東軍と中国軍が武力衝突して満州事変が勃発した。

それを端緒にして、日中戦争、太平洋戦争と戦火は拡大してゆき、私たち嬰児や少年たちはその十五年戦争のなかを生きてゆくことになる。

　だが、戦時下といっても、太平洋戦争に突入するまでは、社会も家庭も生きにくいところまで切羽詰まってはいなかった。

　私自身を顧みても、父がよく上田城趾公園内の上田動物園につれて行ってくれたし、祖母の外出を目敏く見付けて同行をせがみ、行ったさきが動物園や遊園地ではない別所温泉だったので、ごねて困らせたこともあったという。

　また、近所の子供たちともよく遊んだ。

　餓鬼（がき）大将に塩と味噌を持ってくるよう命ぜられて、家事手伝いにきている娘の眼を盗んで台所から持ち出すと、みんなで町外れの畠に行って胡瓜（きゅうり）をもぎ取り、塩や味噌をつけて頬張るのだが、終いには農家の主人に見咎められて一目散に逃げ帰ることになるのだった。

　再三繰り返していたのにいちども捕まったことがなかったのは、農家の主人に本気で懲（こ）らしめる心算（つもり）がなく、犬や猫を追い払うのとおなじ扱いだったのかも知れない。

　そのころだったと思うが、父が私に三輪車を買ってくれた。

　小学生のような廂（ひさし）のある帽子をかぶり、得意顔で跨っている写真があるので、毎日乗り回して楽しんでいたようにみえるが、実はそうではなかった。

　仲間うちではまだ誰も持っていなかったので、ほとんど餓鬼大将や年上の者たちに占有されてしまい、返してくれと泣きながらあとを追っていた苦い記憶しかない。

東京・荻窪へ

私が五歳になった昭和十年（一九三五）四月に父が病死した。

曽祖母、祖母、父と三年つづいて死去し、祖父と母と生後十ヵ月の弟の四人家族になってしまった私たちは、その年すでに妻帯して上京し、日本放送協会（ＮＨＫ）に勤めていた叔父のいる東京へ転出した。

原宿の叔父宅に仮寓して、杉並区荻窪に住居を新築し、その年秋に再転居した。

地つづきに建てた二軒のうちの一軒に母と私と弟、もう一軒に祖父と叔父夫婦が住んだ。

当時の荻窪は、原宿とはまったく違った土の臭いのする田園であった。

交通機関は、省線（現ＪＲ中央線）と新宿から青梅街道の路面を走ってくる西武電車（後の都電で現在は廃線）だけであった。

駅の北口を出て、青梅街道を横断した先の天沼には、作家井伏鱒二、漫画家田河水泡、漫談家徳川夢聲などの文化人が住んでいた。

私たちの住居は、駅南口の荻窪一丁目であった。

どこの町でもほとんどは駅前から奥に向かって一、二、三丁目となっているのに、荻窪は逆で、駅前が三丁目で離れるに従って数字が小さくなった。

だから、私の家は荻窪の町のいちばん奥で、荻窪駅から東急帝都線（現京王井ノ頭線）高井戸駅まで往復している小型の昭和バス（現関東バス）路線のほぼ中程に位置していた。

私たちの家は、数軒並んでいる家々の一郭に仲間入りさせてもらったのだが、周辺は畠だったので風が吹くと土埃りが立ち、肥料にまいた人糞の臭いが鼻を衝いた。

近所の家におなじ年恰好の子供たちがいたので、すぐに仲間入りして打ち解けた。

当時の子供たちの遊びといえば、原っぱ（空地）で野球をやったり、ふた組に分かれて棒切れや細竹を刀や鉄砲がわりにしてのちゃんばらごっこや戦争ごっこ、夏は畠に入って蜻蛉を追いかけたり、森に行って蟬、鍬形虫、甲虫捕りや、小川だった善福寺川での小魚獲りぐらいであった。

二・二六事件の銃声

東京へ移り住んで初めての大晦日が過ぎて昭和十一年（一九三六）を迎えた。

小学校入学まであとひと月に迫った二月下旬に、驚天動地の大事件が起こった。

世にいう〈二・二六事件〉である。

そのときのことはよく憶えている。

前日の夜、叔父が肉を買ってきたのですき焼きにするからと叔母が夕食を誘いにきた。

祖父と叔父は酒を飲んでいたので、母と叔母と三人でさきに食事をすませた。弟も一緒にいたのだが、まだ一歳半では肉が食べられず焼き豆腐と長葱だけで可哀相だった。

祖父は、いつもそうするように生葱と大蒜に味噌をつけて肴にしていた。

「すき焼きは、やはりちん屋ですな」

美食家の叔父は、ときおり鍋を突つきながら、浅草の専門店の名を挙げて称讃していた。

夕食が終わり、私は祖父の部屋へ泊まることにした。

深々と冷え込む寒い夜であった。私は、祖父の股座に両足を入れて寝た。湯湯婆のようにほかほかと暖かく、いつか心地よい眠りに就いた。

翌早朝、ダダダダという連続音が静寂を破った。

それは、一部の陸軍青年将校に率いられて蹶起した叛乱軍の銃撃音だったのだが、そのときはなにが起こったのか判らなかった。

東京でもこんなに雪が降るのか、と驚くほどの積雪になった日の朝の出来事であった。

祖父と叔父は、はじめ、のちに総理大臣になる近衛文麿公爵の別荘〈荻外荘〉が近くにあったので、そこでなにか起こったのではないかと話していたが、その日のうちにラジオで事件の全貌を知るに及んで、それが陸軍教育総監渡邊錠太郎大将に向けられた兇弾であることが判った。

襲撃された渡邊大将の私邸は、杉並区上荻窪二丁目だったというから、その地番は私の家の傍の大通り（現環状道路八号線）を一キロほど北進して、省線の踏み切り（現在は陸橋になっていて、道路はその下を潜っている）を渡ったあたりの左側である。

当時は現在ほど建物が密集していなかったから、早朝の静寂のなかでの銃声ならよく聴こえても不思議ではない。

ラジオの報道で事情を知った私は、軍隊が叛乱するなんて東京は物騒なところだと、恐ろしくなったことが忘れられない。

小学校入学

こうして、入学直前に度肝を抜かれる大事件があったが、その後は平穏に過ぎて、四月に現在もある杉並区立桃井第二小学校に入学した。学校は荻窪駅へ行く途中で、子供の足で徒歩十五分ぐらいのところにあった。

入学当日は、全校生徒が校庭へ集合しての朝礼のあと、新入生だけがその場に残って組分けされ、一組から各組ごとに並び直して担任の訓導（くんどう）（教諭）が紹介され、その訓導に引率されて教室に入った。

級友は、初対面の者ばかりだったので、言葉の交わしようもなく落ち着かなかった。謄写版（がりばん）刷りの「時間割表」と、当時は文部省（現文部科学省）の著作であった「国定教科書」が配られ、それを真新しいランドセルに入れて下校した。おなじ方向に帰る級友もなん人かいたので、遊び仲間が増えることを期待して自宅を教え合ったのだが、みな途中だったり横道へ逸れたりで、私の家の周辺には誰もいなかったので落胆（がっかり）した。

結局、学友はできたが遊び仲間が増えることはなく、帰宅すると毎日遊び惚（ほう）けているいつもの就学前集団に仲間入りして、相変わらずのちゃんばらごっこや戦争ごっこに夢中になった。

小学生になって嬉しいと思ったのは、運動会と遠足があることだった。どちらも体育向上のための鍛練が目的なのだろうが、私たちは弁当をつくってもらえることが喜びであった。

弁当は、乾瓢入りの海苔巻きと大きな玉子焼き、それに季節の果物に違いなく、どれも普段は食卓に出ない逸品であった。

遠足は、隣接板橋区（現在は分割新設された練馬区）の石神井公園に決まった。

よく祖父や叔父につれていってもらっている吉祥寺の井ノ頭公園かも知れないという噂が流れていたので、当日は天気になって弁当が食べられればそれでいいと不貞腐れていたが、噂が外れたのでほっとした。

当日、石神井公園がどんなところか期待して行ったのだが、なんのことはない井ノ頭公園となんら変わりがなく、むしろ小さかったので気が抜けてしまい、母の振る舞い弁当に満足しただけで、帰路の足取りは重かった。

子供の世界

転校

二年生の一学期が終わったところで、私たちは突然母の従姉の住む小石川区（現文京区）大塚窪町へ引っ越すことになった。

私の転校するさきは、小石川区立窪町小学校ということであった。

母の従姉夫婦は、市電の大塚窪町停留所前の東京女子高等師範学校（現お茶の水女子大学）と電車通りを挟んだ向かい合いで本屋（書店）をやっていた。

私たちの住居はその本屋の脇道を入った奥にあり、転入学する窪町小学校は電車通りの緩い坂を上ったところにあった。付近には、文理科大学、東京高等師範学校、拓殖大学、日本女子大学、跡見高等女学校、それに前述の東京女子高等師範学校などがあって、文教地区を形成しているなかにおかれていた。

上田から初めて東京に出てきて、原宿と荻窪に住んだときは、極端な違いを感じなかったが、おなじ東京でありながら、こんどの移住は田舎から都会へ出てきたようなあまりの格差に愕（おどろ）かされた。

表通りは電車、自動車、人々の往来が賑々しく、横道や裏通りも諸所に設置された街灯の裸電球が夜道を照らしていて、荻窪では人通りのなくなる時刻になっても、ここは人声や足音が絶えなかった。

しばらくのあいだは、騒々しい町中の生活に馴染めず、なんとなく落ち着かなかったが、子供同士の小さな世界にはためらいなく順応できた。

編入した二年一組の級友たちとはすぐに打ち解けたし、家の近所の子供たちともすんなり仲間に入れた。

ベーゴマ、メンコ、ビー玉遊び

町中の子供たちの遊びは、ちゃんばらや戦争ごっこではなく、もっぱら貝独楽（べいごま）、面子（めんこ）、ビー玉であった。

荻窪では団体、こちらは個人の違いはあったが、どちらも勝負を賭ける遊戯にかわりはなかった。

貝独楽というのは、貝殻に溶かした鉛を注ぎ込んで作った小さな独楽で、それをバケツに茣蓙を敷いた試合台の上で闘わせ、弾き出されたほうが負けで相手に奪られてしまうのだ。勝負を有利にするためには、町工場の人に頼み込んで研削盤で削って背を低くしてもらったり、丸いものを何角形にも変える工夫を凝らさなければならなかった。

こうした改造独楽は、勝つ公算が高かったので、誰もが改造を競い合い、ついには原形のままの貝独楽はすがたを消してしまった。

面子は現在もあるが、念のため説明を加えると、板紙などで作った円形または長方形のカードに頼朝、義経、弁慶らの武将や、双葉山、玉錦、羽黒山、名寄岩などの人気力士の絵を印刷したものである。

ルールは、相手が路上に置いたものにこちらのものを打ち当てて裏返しにすれば勝ちで、その面子を奪れるのだ。

ビー玉は、以前江戸の下町探索に出かけたときに隅田川を越えたさきでときおり見かけたから、現在もあるようなので説明の必要もないだろうが、ついでに触れておくと、小粒の葡萄の実ぐらいの丸い硝子玉で、これをそれぞれが路上に置き、じゃん拳で勝った者から順に、自分の球を親指の腹にかけた他の指の爪先で弾いて誰かの玉に当てるのである。

こうして勝ち奪ったビー玉は布袋に入れて持ち帰るのだが、重ければ重いほどより勝利の快感を味わうことが出来た。

こうした遊びは、学校から帰って宿題をすますと予習、復習はそこそこにして、いつも集まる場所になっている脇道へ駆け付けて、夕暮れまで遊戯に夢中になった。

雨の日は、戸外で遊べぬ鬱憤晴らしに学齢前の弟を相手にしてちゃんばらごっこに打ち興じた。

母の和裁用竹製物差しを持ち出して、短いほうを弟に与え、私は長いほうを持って打ち合うのだから、腕も物差しも長い私が勝つのはあたりまえで、いつも弟の頭や体を強か（したた）叩いて泣かした。

だから弟は、雨の日のちゃんばらごっこを嫌がるのだが、一人では面白くないので、強引に急き立てて相手をさせた。

そんなある日、ちゃんばらに夢中になっていて、鴨居の上に掲げてある上杉家から拝領したという米沢藩再建の名君九代藩主上杉鷹山（ようざん）の肖像画の複製を傷つけてしまったことから、母にこっぴどく叱責されて、以後は物差しで遊ぶことを禁止されてしまった。

大相撲と『のらくろ』

そのころ、年二場所（一月と五月）だった大相撲がはじまると、待ってましたとばかりに私たちはラジオの中継放送に夢中になった。

当時の大相撲は、玉錦、双葉山、武蔵山の三横綱時代だったが、なかでも立浪部屋の双葉山が圧倒的に強く、三年前の昭和十一年（一九三六）春場所（一月）前頭二枚目のときから勝ちつづけていて、六十六連勝で春場所を迎えた。

強い力士に憧れている私たちは、この端正な顔立ちの横綱が百連勝を達成する日をたのしみにしていたのだが、七十連勝するはずの四日目に、あろうことか出羽ノ海部屋の前頭安藝ノ海の外掛けに呆気なく敗れて、夢は消え去ってしまった。

双葉山とともに私たちのもうひとつの人気者は、田河水泡が犬の世界を描いた漫画本の『のらくろ』であった。

陸軍の軍人を志した〝のらくろ〟という犬が、二等卒（兵）から出世してゆく長篇物語で、毎月発刊されるのを楽しみにして貪り読み、その内容を学校へ持ち込んで話に花を咲かせた。

ほかに読んだものは、高垣眸の『怪傑黒頭巾』、江戸川乱歩の『怪人二十面相』、佐々木邦のユーモア小説、山中峯太郎や南洋一郎の冒険小説などであったが、これらのうちには書店の掃除などを手伝って店主の伯父から褒美にもらったり借りたりしたものも含まれていた。

新刊本のなかには、『敵中横断三百里』や『西住戦車長伝』などの戦記物もそろそろ顔を出しはじめていた。

映画『鳥人』

私が五年生のときだったと思うが、こんなことがあった。

そのころ、私の家の前の路地を入ったいちばん奥の家に今井さんという中年の夫婦が住んでいて、子供がいないことから私と弟をよく可愛がってくれていた。学校から帰宅して昼食をすませると、宿題を後回しにして遊ぼうとしたから土曜日だったのだろう。家を出たところで、買物から帰ってきた今井さんの小母さんとばったり出会った。

小母さんは、私の顔を見るなり、

「映画につれていってあげる」

そう言って私を家まで連れ戻し、母の承諾を得ると、買物を今井さん宅の玄関に置いてすぐに出かけた。

映画街というと、省線の大塚駅前か池袋駅前であったが、小母さんは市電に乗る様子もなく大塚駅のほうへ向かって歩いて行った。

目的の映画館は、途中にある大塚公園を背にして電車通りにぽつんと建っている大塚日活であった。

そこで上映していたのは、嵐寛こと嵐寛壽郎主演の『鳥人』という映画で、天明（十八世紀）のころ備前（岡山）の表具師幸吉が鳥のように空を飛んでみたい思いに取り憑かれた話である。

幸吉は、鳥の構造を観察して、空飛ぶ機械の製作に家業を忘れて没頭し、失敗にもめげず苦難を乗り越え、ついに完成した機械で滑り台式の発射装置から見事空へ飛び出すことに成功したという物語(ストーリー)であった。

今井の小母さんは嵐寛ファンとして観にきたようだが、私は懸命になって飛ぶことを繰り返し、ついに成功する幸吉の熱意に心を奪われた。

私が飛行機乗りに憧れるようになるのは、このときの幸吉の思いが心の底に潜(ひそ)んでいたのかも知れない。

師範学校志望

小学校から国民学校へ

昭和十六年(一九四一)四月、私たちは六年生になった。

この年度から、これまでの尋常高等小学校は国民学校と改称されて、儀式や学校行事が重要視された。

たとえば、毎朝始業前に全校生徒が校庭に集合して行なわれる朝礼は、まず天皇陛下の在(お)わす宮城(きゅうじょう)(皇居)の方角に向かって遙拝の最敬礼をすることからはじまり、これまでの講堂での四大節(しだいせつ)(新年、紀元節、天長節、明治節の祝祭日)の式典も、演壇背後の扉を開いて天皇・皇后両陛下の御真影(写真)を拝し、国歌斉唱してはじまる式次第が厳かになった。

私の記憶では、小学校生徒にはまだ軍事教練は浸透せず、そのかわり剣道による身心鍛練がいちだんと強化された。

また、このころから生活面でも大きな変化が起こった。

日用品全般の購入が、配布された切符の範囲内に限られ、米は成人一日二合三勺（約三三〇グラム）の配給制、食堂も外食券の範囲内、木炭、酒も配給制、と衣食が切り詰められて不安になった。

大人は、食糧を大切にして少しずつ削って先のばしを心がけ、衣服は破れや擦り切れを修理してもたせる工夫など遣り繰りに苦労だったろうが、私たち子供は、それほど痛切に感じてはいなかった。

それよりなにより、六年生になって中学校受験が迫ったことのほうが深刻だった。

一学期のうちに受験校を決めなければならない。

現在は大学卒業者が圧倒的多数であるが、私たちのころは義務教育終了の国民学校高等科二年か、普通科の中等学校、実業科の商業学校、工業学校（いずれも現在の中学・高校にあたる）五年卒業で社会人になる者が多かった。

なかでも、戦時下であることから商業学校よりも生産現場で即戦力になる工業学校に人気が集まっていた。

第一志望をどこにするか、第二志望、第三志望はどうするか、とみな選択に苦慮していた。

まだ小学校六年生では具体的な目標などはなく、職業も今日ほど多様化してはいなかったし、選択の自由もなかったから、志望校をどこにするか迷っていたということである。

祖父の夢

私は、自分の意志ではなく、祖父のたっての希望ですでに進学先が決められていた。

祖父は、先祖伝来の地山形県米沢市から上京して、安政五年（一八五八）に福澤諭吉が江戸鉄砲洲（てっぽうず）（現中央区湊二丁目付近）に創設した洋学塾を明治元年（一八六八）、芝に移転して改称した慶應義塾に学んだ。

祖父は、親しくなった学友たちとともに、教師へのコースを選んで学業に励んだ。

ところが、卒業間近になってその夢は破られ、故郷米沢市へ呼び戻された。

祖父は、姉と妹に挟まれた男一人で、養子の父親は西南戦争（明治十年〈一八七七〉）で戦傷死していた。

祖父の祖父は、自分の後継者になった祖父を手許に置いておきたくて、呼び戻したのだという。

祖父は、教師になって東京で下宿生活する学友たちが羨ましく、絶ち切れぬ思いを引き摺って虚しく米沢市に戻ったのだ。

その祖父が、自分の見果てぬ夢を孫に託して、私を教師にと決め込んでいたらしい。

私も、祖父とおなじく満五歳のときに父を亡くしていたから、荻窪の叔父宅に同居している祖父にとって私は後継者になっていた。

私たち一族は、米沢市の大半が延焼した大正の大火ですでに墳墓の地を出て、那須野、上田と転居し、現在は東京に居を移していたから、私は祖父のように米沢市への帰省を義務づけられることはなかったが、東京で育っている私には祖父ほど東京への執着はなかった。

それに、まだ小学生の私には将来なにになりたいといった具体的希望はなく、強いて問われれば、

「陸軍大将」

「海軍大将」

などと鸚鵡返しに答えていた幼稚な子供の延長程度であったから、祖父に教師になるよう押し付けられても、反発する気はなかった。

そんなことから、私は級友たちのように希望校の選択に迷うことはなく、

『東京高等師範学校附属第四部高等科』

一本であった。


中等科は普通科五年制であったが、高等科は二年修了後豊島師範へ進んで小学校教師になるか、または高等師範へもどってきて中学校教師になるかのいずれかであった。

そう考えると、祖父が私の進学の便宜をはかって荻窪から小石川へ転居させたように思われた。


祝祭日の式典にはかならず大礼服を着用して出席し、式後に琵琶を弾いて聴かせる渡邊校長の窪町小学校は、教育水準が高いといわれているようだし、高師附属は近隣にあり、豊島師範は池袋駅西口にあって、いずれも、大塚窪町の家からは徒歩でも通学できる範囲であった。

開戦の日

ラジオの臨時ニュース

国民学校最上級生になった昭和十六年も、あとひと月足らずで終わろうとしていた。年が明けて三学期がはじまれば、もう二月の受験は目前であった。

区切りよく月曜日からはじまった十二月も、あっという間に一週間が過ぎた。

そして八日、寒気が張り詰めた穏やかな快晴の朝、突然けたたましいラジオの臨時ニュースが静寂(しじま)を破った。

「臨時ニュースを申し上げます。臨時ニュースを申し上げます」

と二度繰り返したあと、

「十二月八日午前六時大本営陸海軍部発表、帝国陸海軍は本八日未明西太平洋において米英軍と戦闘状態に入れり」

と告げた。

私は、そのニュースを朝食しているときに聴いた。それは私たち子供だけではなく、大人たちにとっても寝耳に水の衝撃的な出来事であった。

米・英軍、つまりアメリカ、イギリス軍と戦争をはじめたというのである。

大本営とは、明治二十六年(一八九三)に制定された戦時または事変のときに設置される天皇に直属する陸海軍最高の統帥部のことで、軍部の作戦指導機関であると同時に、国民への情報伝達窓口でもあった。

その日、朝礼で校庭に集合した私たちは、誰も彼もが不安顔であった。

渡邊校長病死のあと着任した山口校長が、いつになく緊張した態度で、全校生徒にあらためて臨時ニュースの内容を話してくれた。

生まれてからずっと切れ目なくつづいている事変や戦争のなかで育ち、慣れ切っている私たちではあったが、日中戦争勃発のときにはなかった臨時ニュース仕立ての大々的な開戦報道に大きな戦争をはじめたことを感じとって、こんどばかりは漠然とした不安を抱いた。

満州事変も、日中戦争も、中国大陸が戦場だったから、敵兵の姿は見えないし、弾丸も飛んでこないので、また米・英と戦争がはじまったといわれても実感はなかったが、連合した大国が相手ということで嫌な予感のようなものはあった。

だが、これまで明治二十七、八年の日清戦争にも、その十年後に起こった日露戦争にも圧勝のところだけを日本史で読み聴かされていたので、負けるはずはないと信じていて、緊張感や危機感は稀薄であった。

この日、ハワイ・オアフ島真珠湾攻撃では、米戦艦ウエスト・ヴァージニア、オクラホマ、アリゾナ、カリフォルニア、ネバダの五隻を撃沈、軽巡洋艦ヘレナ、駆逐艦ショーを大破した。

いっぽう、開戦二日後（十日）のマレー沖海戦では、海軍航空隊がまたまた活躍して英戦艦プリンス・オブ・ウエールズ、レパルスの二隻を撃沈した。

戦艦は、海戦の主力艦で、他より抽（ぬき）ん出た攻撃力と防御力とを兼備した戦闘艦であった。

この緒戦の華々しい大戦果は、終日ラジオ放送で繰り返し賑々しく報じられた。

生活も娯楽も切り詰められて、暗く澱んでいた世の中が、このハワイ・マレー沖の大戦果によって完勝したような気になり、苦労の日々が勇壮な軍艦行進曲（マーチ）に乗せられたちまち心浮き浮きして活発になり、その年が暮れた。

毎月八日は奉仕の日

太平洋戦争の開戦によって、それまで毎月一日を「興亜奉公日（こうあほうこうび）」にしていたのを、緒戦の大勝利を脳裡に焼き付けて聖戦完遂を期するために、八日を「大詔奉戴日（たいしょうほうたいび）」にすることに切り替えられた。

それまでの「興亜奉公日」というのは、亜細亜（アジア）を興（おこ）す国の目的のために私生活を犠牲にして奉仕するという趣旨で定められたものであった。

具体的には——、
いつもより早起きして居住地の鎮守の神を祀（まつ）る神社に詣で、天皇の統率する陸海軍、つまり皇軍の武運長久を祈願する。

食事は、豆腐や海藻の味噌汁に鮭の切り身か野菜の煮付けかおでんのようなもの一品の一汁一菜、禁酒、禁煙して質素な生活に耐える。

携帯する食事は、〈日の丸弁当〉といって飯を詰めた真ん中に置いた梅干し一つで我慢する。

そして、宮城前広場や鎮守の社(やしろ)の境内、学校や地域の公共施設などを分担して竹箒できれいに掃除する、といったような勤労奉仕(ボランティア)活動に励む——ことであった。

現在から思えば、理解に苦しむ政府の押し付けであるが、不服や批判はなく、全国民が納得して勤労奉仕に従事した。

ことに私たちは、大正時代の自由な社会を知らないから、それを当然のこととして受け止めていたので、不満はなかった。

集団登下校と掃除当番の密かな楽しみ

それよりも、私は四月に国民学校になってから実施された集団登下校が嫌だった。

近所の男女児童全員を集めて、縦一列に並ばせた先頭に立って引率してゆくのだ。

地域単位であるから、学年と男女構成はそれぞれまちまちだった。

はじめのうちは気にならなかったのだが、ある日電車通りを挟んだ向こう側の舗道を、おなじように下級生を引率してゆく級友澤永を見かけたとき、まるで親鴨が子鴨たちを引き連れているようなその様子がなんとも滑稽に映った。

（俺もあんな恰好で歩いているのか）

そう思った途端、自分のやっていることが照れ臭くなって、その場からこっそり逃げ出したくなった。

だが、列の中には一年生になったばかりの弟がいた。

私は、弟たち下級生を庇護してやらねばならない立場にあることをあらためて自覚して、堂々と胸を張って引率することにした。

このころ、学年別に掃除当番というのがあった。

私たち六年生は五組あったが、現在のように男女共学ではなく、一、二、三組が男子、四、五組が女子に分かれていた。

だから、学年別に整列する朝礼や祝祭日の式典以外は顔を合わせることがなかったが、掃除当番は各組から出て共同作業をするのでこのときだけが言葉を交わせる唯一の機会であった。

雑巾を濯いでもらったり、塵取りで受けてくれた芥を捨てに行ってもらったり、黒板拭きに付着した白墨の粉を叩いてもらったりしながら恐る恐る私語を交わした。

そして、後日級内で女生徒たちの人柄を発表し合う一刻を過ごすのが、たのしみだった。

師範学校受験

そうこうしているうちに、気になる受験期が迫ってきた。

これまでは、下級生を引率して帰宅すると、すぐに約束しておいた級友宅を訪ねて、相撲をとったり、貝独楽や面子に打ち興じたりして遊んだものだが、この時期は誰も彼もが受験勉強で自宅に閉じ籠もり、付き合いが跡絶えた。

私も、弟や近所の下級生たちと遊ぶことなく、小さな机に齧り付いて復習することに集中した。

私は、一校だけに絞っていたので、日程（スケジュール）に振り回されることはなかったが、二校も三校も受ける級友たちは受験日に追いまくられて、落ち着く間がなく気の毒だった。

本人が受験校に合否の発表を見にいったり、受験校から合格通知がきたりしてぼつぼつ結果が出はじめると、達筆の澤永が現在の選挙速報のように、教室後方の大きな黒板に白墨で合格者の氏名と学校名を書き出した。

私は、運よく合格できて吻（ほっ）としたが、黒板に並んで書き出されてみると、級友たちとはなんとなく違和感があった。

中学校や工業、商業学校への進学者は、まだそこに将来像が見えていなかったが、私の場合師範学校への進学は教職員になることが歴然としていた。

私が師範学校を選択することは、極く親しい級友たちにしか知らせていなかったのだが、合格したことによってそれが公表されると、

「おまえ、先生になるのかよお」

級友たちから柄にもないと言わんばかりに冷やかされて、羞（は）ずかしい思いをした。

六年生の教室は三階の北側に並んでいて、廊下から内部が丸見えだったために、黒板に書

かれた私の合格校はその日のうちに学年中に知れ渡ってしまい、他組の者たちにまで揶揄われて赤面した。

「九軍神」の不思議

そんな受験騒ぎが一段落して、級友四十七名全員の進学先が書き出され、六年生の教室区域がようやく落ち着きをとり戻した三月六日、開戦の日に伊号潜水艦に搭載されて真珠湾攻撃に向かったまま ついに還らなかった特殊潜航艇五隻に乗艇した特別攻撃隊員の氏名が発表になった。

その人たちは──

岩佐直治大尉(27)　群馬県出身　海兵65期
古野繁實中尉(24)　福岡県出身　海兵67期
横山正治中尉(23)　鹿児島県出身　海兵67期
廣尾彰少尉(22)　佐賀県出身　海兵68期
佐々木直吉一曹(28)　島根県出身　呉志願兵
横山薫範一曹(25)　鳥取県出身　呉志願兵
上田定二曹(26)　広島県出身　呉志願兵
片山義雄二曹(24)　岡山県出身　呉志願兵
稲垣清二曹(27)　三重県出身　呉志願兵

の九名で、実施部隊を統率する聯合艦隊司令長官山本五十六大将から感状が贈られると同時に、海軍省から二階級特進の栄誉が与えられ、〈軍神〉として祀られることになった。すなわち、岩佐大尉は中佐、古野、横山中尉は少佐、廣尾少尉は大尉、佐々木、横山一曹は特務少尉、上田、片山、稲垣二曹は兵曹長にそれぞれ特進したのである。

軍人の階級には、士官、准士官、下士官、兵の四区分ある。

士官は、将校とも称ばれ、将官、佐官、尉官の三段階に分かれていて、さらにおのおのに大、中、少の三階級がある。

準士官は、兵曹長。（陸軍は准尉）

下士官は、兵曹といい、上等、一等、二等の三階級あるが、この当時は上等がなく、一等、二等、三等であった。（陸軍は曹長、軍曹、伍長）

兵は、兵長、上等、一等、二等の四階級（陸軍とおなじ）があったが、当時は一等、二等、三等、四等であった。

なお、ここで少尉の上に特務が付されているのは、兵学校出身者と一般兵からの昇進者とを区別するためのもので、特務士官は大尉までで、ごく少数を除き佐官には進級できなかった。

だが、開戦一年後の昭和十七年十一月にこの差別呼称は廃止され（ただし、身分としての区別は残った）、さらに十九年四月には、予科練出身者に限って特務の士官を士官に任用できるようになった。

幹部教育を受けた兵学校出身者であろうと、実戦で叩き上げた者であろうと、士官になればおなじだということで考え直されたのであろう。

〈九軍神〉に話を戻す。

特殊潜航艇が五隻であるのに、乗艇者が九名では人数がおかしい。

一人乗りなら四名溢（あふ）れてしまうし、二人乗りなら一名足りない。

どう組み合わせてみても数が合わない。

これは戦後になって知ったことだが、出撃時には士官と下士官の組（ペア）で五隻だったのだ。

九軍神のほかにもう一人、酒巻和男（さかまきかずお）少尉（二十二歳、徳島県出身、海兵六十八期）がいて、稲垣清二曹の組の艇長だったのだそうだ。

酒巻艇は、転輪羅針儀（ジャイロコンパス）の故障でオアフ島ベローズ・ビーチの珊瑚礁に打ち上げられ、稲垣二曹は戦死したが、酒巻少尉は意識不明のまま捕虜（ほりよ）になったのだ。

太平洋戦争開戦時の総理大臣東條英機（とうじようひでき）大将がまだ陸軍大臣だったこの年一月八日付で、全陸軍将兵に下した戦時下における心得を記述した『戦陣訓』のなかの第八〈名を惜しむ〉の項に、

「生きて虜囚（りよしゆう）の辱（はずかしめ）を受けず、死して罪禍の汚名を残す勿（なか）れ」

とあり、軍人たる者生きて囚（とら）われるほど不名誉なことはないと固く戒めているから、この酒巻少尉のことは厳重に秘匿されたのだろう。

だから九軍神の発表は不自然で、士官が一人足りないことに気付いた人たちは多かったで

あろう。

だが、当時は軍部の独裁政権下にあって、言論統制されていたから、批判や疑問を抱くことは非国民と罵られ、反体制思想の危険分子として警察に拘引され処罰されたので、軍部の発表に疑念を抱いてもそれを口外する者はいなかった。

私たちも、はじめはちょっと九人では組み合わせがおかしいと思いはしたが、一艇は下士官一人だったのかも知れないと勝手に判断して、むしろ生命を賭して戦果を挙げた勇敢な九軍神の行動を昂奮して語り合った。

ドーリットル空襲

大講堂の入学式

戦時下のことなので、卒業式も入学式も父兄の出席などはなく、至極簡単で記憶に残るような感傷場面はなにもなかった。

卒業式は、六年生と見送る五年生が講堂に集合して、国歌斉唱、山口校長の送別の辞のあと、卒業する六年生が『仰げば尊し』を、五年生が『螢の光』を斉唱して終えたのに対して、東京高等師範学校の入学式のほうは、おなじ敷地内にある高等師範の専攻科を母体として文科と理科を併設した角帽の文理科大学、丸帽の高等師範学校、同附属中等科、高等科、尋常科の各合格者全員が二階建ての大講堂を埋め尽くす大集団だったのには吃驚仰天（びっくりぎょうてん）した。

その圧倒された雰囲気のなかで入学式がはじまった。

おそらく、在学中に二度と会えることはあるまい雲の上の存在の河原春作学長の総括挨拶のあと、中学校長や小学校長の歓迎の挨拶があって式次第が終了すると、それぞれ引率教官の誘導に従って広大な構内（キャンパス）をめぐり歩き、点在する施設や建造物の説明を受けながら、東北隅にある私たちの学び舎に到着した。

ことに、剣道場、柔道場、体育館、プールのある体育錬成区域は圧倒される規模で、無人の剣道、柔道場は無気味な静寂を保っていて厳粛の感があった。

教室の入口に貼り出された男子同期生二十六名の座席表に従って机付きの木製椅子に坐ったが、今日から級友（クラスメート）になっておなじ教師の道を目差して切磋琢磨する面々は、いずれも頭脳明晰な面構えに見えて気後れした。

枯草色（カーキ）の詰襟服に五三の桐の校章をつけた戦闘帽姿になって大人びた初対面者ばかりが、狭い一室に閉じ込められたので、眼の遣り場に困って息苦しくなった。

担任の教官が教室に現われるまでそんなに待たされたわけではないだろうが、無言で視線を天井に向けるか足許に落として待つ時間は、随分長く感じられた。

思い出の教官たち

私たちの担任進藤勝美教官は、国民服といわれた軍服に似た枯草色の詰襟五つ釦がよく似合う、色黒で狼のような顔付きの精悍な人で、喋ると東北訛に凄味があった。

おなじ校舎に水兵服(セーラー)にもんぺの女子組がいたが、担任の宮腰他一雄教官は、セルロイド製円形太縁のロイド眼鏡をかけた真面目で温厚な人柄であった。

私たちは、その宮腰教官に日本史を学んだ。

教材の系図は、ケント紙を貼り合わせた台紙に自筆で書いた手製のものであったが、人名が墨痕鮮やかな達筆なうえに、それを繋(つな)ぐ縦横の直線がまた寸分の乱れもなく、その書のような系図が掛け軸のように掲げられると、書き写すのも忘れてしばし魅了させられた。

私は、宮腰教官手製の系図がもとで日本史に興味を抱きはじめたのだが、やがて宮腰教官の人柄とその巧みな話術に引き込まれて、師範学校へ進学したら日本史を専攻科目にしようとはやくも夢を膨らませた。

課外活動、つまり現在でいう部活は野球を選んだ。

祖父にたびたび神宮球場での六大学野球早慶戦や、後楽園球場の職業野球(プロ)東京ジャイアンツ（現読売ジャイアンツ）と大阪タイガース（現阪神タイガース）の試合につれていってもらっていたので、すっかり慶応大学と東京ジャイアンツ贔屓の野球ファンになっていたのだ。

星のマークの爆撃機

まだ新しい学校生活に腰が落ち着かないでいた四月十八日に、大事件が起こった。

その日はたしか土曜日だったと思う。

午前中で授業が終わったあと掃除当番で下校が遅くなり、帰り仕度をしていたら大きな爆音が聞こえてきた。

「飛行機だ」

咄嗟（とっさ）に反応して一斉に校庭へ飛び出した。

私たちのほかにはもう誰も残っていなかった。

その日は晴天で、春の陽射しが眩しかったが、爆音の方向を見上げたとき、恰度（ちょうど）そこへ双発の大型機が搭乗員が見えるほどの超低空で飛来した。胴体に星のマークがついていたが、まさか敵機とは思いもよらず、捕獲機をどこかへ運んで行くものと思い込み、両手を高く挙げて、

「万歳、万歳」

と叫び、見送った。

その大型機が通り過ぎていったころになって、遠くで高射砲の発射音がどーん、どーんと響いてきた。

「なんだ、防空演習か」

そのときは誰もがそう思った。

だが、それは演習などではなく、米軍機の空襲だったのだ。

そのことを夕刻帰宅して母から聴かされたときは、思わず身震いしたほど強い衝撃（ショック）を受けた。

戦争は、太平洋の遙か南方地域で行なわれていて、わが陸海軍の精鋭部隊が一方的に勝ち

まくっているものとばかり信じていたので、敵機が長駆アメリカ大陸から飛来してきたとなると、戦況は押し気味ではなく、攻め込まれてきたのを体験したわけで、戦局の変化に戦慄した。

往復びんた

月曜日に登校すると、険しい顔をした進藤教官に全員教室内に閉じ込められて、土曜日の行為を厳しく叱責されたあと、私たち掃除当番だった数人が一人ずつ進藤教官の前に呼び出されて往復びんたを食った。

びんたというのは、頬を平手打ちすることであり、往復とは手の掌で片頬を打った返しに手の甲でもういっぽうの頬を打つことである。

このとき私たちは、自分たちの軽率な行動を目撃した用務員が職員室に通報したことで、担任の進藤教官が肩身の狭い思いをしたに違いないと慮って、制裁を加えた進藤教官を怨む者は誰もいなかった。

この東京初空襲の記録を、戦後になって調べたところによると、この日、空母ホーネットを発艦したドーリットル中佐指揮の陸軍爆撃隊ノースアメリカンB25十六機は、易々と本土に侵入して、一二三〇東京に第一弾を投下すると、川崎、横須賀、名古屋、四日市、神戸を空襲して、通り魔のように東シナ海に去り、一機はソ連邦（現ロシア）日本海沿岸のウラジオストクに、他の十五機は中国大陸に着陸した。

南方戦線拡大で手薄になっていた虚を衝かれたのである。

本土を空襲され、こともあろうに首都東京を蹂躙されたことで周章狼狽した大本営は、米海軍の重要基地になっているハワイ諸島北西の珊瑚礁の島ミッドウェーの攻略作戦計画に着手したという。

それはともかく、この空襲を契機にして、戦争を実感させられた人々の緊張感は極度に高まり、防空演習が実施されて、軍人と一丸になって勝利の日まで頑張ろうとする戦時色がいっきに濃厚になっていった。

欲しがりません、勝つまでは

はだしの新入野球部員

課外活動は、野球、剣道、卓球、水泳ぐらいしかなく、私たち十人は野球部に入ったのだが、新入部員は早朝に登校して、始業前に少量の石灰と毎日各教室を回って集めておいた白墨の粉で練習場になる校庭の本塁(ホームプレート)の位置から外野の左翼(レフト)側と右翼(ライト)側まで直線を引いておいて、その日の授業終了と同時に素早く物置きへ駆け付けて野球用具一式を運び出して簡易網(ネット)を張り、各塁を示す板を所定位置に揃えるという準備を義務づけられていた。

グローブ、ミット、硬球はいずれも粗悪な豚皮で、捕手(キャッチャー)の面(マスク)は鋳物だった。

卒業した先輩たちの着古した野球着(ユニフォーム)に着替えた選手(レギュラー)の練習がはじまると、掃除用のバケツを持って校庭の最後方に突っ立って、外野手が逸らした球を拾い歩く仕事が課せられるのだ。

私たち新入部員には、着古した野球着もなく、上着を脱いでズボンを捲り上げての跣姿（はだし）だったので、傍目にはとても野球部員には見えなかったであろう。

事実、毎日毎日おなじことの繰り返しで、バットもグローブも物置きから出し入れするときに触れるだけで、練習はまったくさせてもらえなかった。

それでも、新生活の一学期は不満を抱く余裕もないまま慌ただしく打ち過ぎていった。

「勝った勝った」の裏で

この間に戦局は、五月にフィリピンのコレヒドール島要塞を占領すると、オーストラリア北東の珊瑚海で両軍機動部隊同士初の航空戦が行なわれ、一ヵ月後のミッドウェー海戦で赤城、加賀、蒼龍、飛龍の主力空母を喪う大打撃を受けてしまっていたのだが、この大敗北は秘匿されたので知らなかった。

日本軍は、北方アリューシャン列島のアッツ、キスカ両島を奪取したが、夏休み中の八月に南方戦線では、ツラギ島守備隊全員玉砕、ガダルカナル島も圧倒的兵力に屈して飛行場を占領されてしまった。

このガダルカナル島を奪還すべく第一次、第二次ソロモン海戦が行なわれたのだが、結果は空母ホーネット、駆逐艦ウォーク、ベンハム、プレストンを撃沈、ダーウィンを大破したものの、戦艦比叡、霧島、重巡衣笠、駆逐艦夕立、暁、綾波が沈没、空母翔鶴、瑞鶴、重巡筑摩、駆逐艦四隻が損傷して、奪回作戦は困難になった。

これらの戦況も、大本営の報道管制によって戦果は過大、損害は僅少または秘匿されたので、一般国民には、

「勝った、勝った」

の印象しか伝わってこなかった。

町中には、

〈欲しがりません、勝までは〉

〈月月火水木金金〉

の標語が商店の硝子戸や電柱、住居の塀などに貼り出されて、物資不足にも不平を言わず、休日なしで勤労に励む雰囲気づくりがなされ、大人も子供もその気になっていった。

連合国に経済封鎖されて以来資源が底をつき、ついに『金属回収令』が出て、寺院の梵鐘や仏具などが強制供出させられ、それが一般家庭にも及んで、わが家でも鉄製の大火鉢や鍋、釜、鉄瓶などが供出させられた。

当時の暖房は炭か煉炭なので、火鉢がなくては暖がとれず、木製で内部が鉄力(ブリキ)の四角い小さな火鉢に代わったが、火力が弱く弟と奪い合いになり、果ては縕袍(どてら)で寒さを凌いだ。

強まる戦時色

　このころ、山本嘉次郎監督、大河内傅次郎、藤田進主演の東宝映画、『ハワイ、マレー沖海戦』が大々的に封切られて、私も祖父と観に行ったが、その一方的攻撃に館内は戦勝ムードで湧き立っていたことを憶えている。

　学校でも級友たちのあいだで話題になり、勝利に酔って昂奮した。

　また、ときをおなじくして、レコードでも灰田勝彦が落下傘部隊を唄った、『空の神兵』が売り出された。

　レコードを蒐集して楽しんでいる叔父の所有盤は、藤山一郎の『酒は涙か溜息か』『影を慕いて』、東海林太郎の『赤城の子守歌』『野崎小唄』、田端義夫の『大利根月夜』、ディック・ミネの『人生の並木路』『旅姿三人男』、淡谷のり子の『別れのブルース』、霧島昇の『旅の夜風』『誰か故郷を想はざる』といった情緒的なものや股旅物（またたびもの）が多く、繰り返し手回しの蓄音機で聴いているのを知っていたので、それらが軍歌に代わることにより戦時色をいっそう濃くしていった。

　レコードといえば、この業界の企業名は英語の仮名表記が多かったが、この年から、『日本ポリドール』が『大東亜』に、『コロムビア』が、『日蓄工業』に、『キング』が『富士音響』に、

『ビクター』が『日本音響』に、改称した。


これは、〈した〉というより、〈させられた〉のであろう。

背広(スーツ)も靴も靴下(ソックス)も茶系統で纏めているお洒落(ダンディ)な叔父は、趣味の映画やレコードが軍国調に変わってゆくのと、おりに触れて祖父と美食家を競って贔屓の名店を並べ合っていた、その店々がつぎつぎに閉店に追い込まれてゆくのを歎いていたが、祖父も叔父も経済観念に乏しかったから、浪費する衣食がなくなってゆくのが寂しかったのかも知れない。

上級生の〝私的制裁〟

野球部をやめる

二学期がはじまった日に、突然担任が進藤教官から松浦大陸教官に変わった。

進藤教官は、大病に罹り療養のため故郷へ帰られたのだそうだ。

赤胴色で健康そのものの張り切り青年(ボーイ)が病魔に取り付かれたとは、にわかには信じられなかった。

たった三ヵ月余りの短い担任期間だったので、縁は薄かったが、結婚した進藤教官が新居へ移転するときに、学校の傍の下宿屋から大塚駅近くの借家まで、洋服箪笥や柳行李を積んだ大八車といわれる大きな木製リヤカーの後押しを手伝ったことがあった。

そのとき、片付け終わったあとで、進藤教官が長火鉢の前に坐り、炭火で紅白の餅を焼いて振る舞ってくれたことが唯一の思い出になった。

学科の授業は日々進行してゆき、話術に優れた宮腰教官の日本史もますます興味を増していったが、課外活動の野球のほうは相変わらず準備と後片付けと球拾いで、いっこうに練習には参加させてもらえなかった。

その下働きだけさせられていることの不満が昂じて、野球部に嫌気がさしてきた。

この年、春は十八回、夏は二十六回つづいてきた伝統ある全国中等学校優勝野球大会（現全国高等学校野球大会）の終止が発表されたことも、私の野球離れに拍車をかける一因になっていた。

私は、級友杉山に野球部を罷めることを漏らしたら彼も同調したので、二人で職員室に出頭して担任の松浦教官に野球部から卓球部に変わりたい旨を口頭で届け出た。

松浦教官は、

「なにごとにも辛抱をしなくては駄目だぞ」

と説教しただけで転部を承知してくれた。

課外活動なので、いずれかの部に属してさえいればそれでよかったのだろう。

イエスか、ノーか

担任教官のほうはそれですんだが、野球部の先輩のほうはそう簡単にはすまなかった。

二、三日後の雨の日に、上田副主将が私の教室にやってきて、
「放課後剣道場へこい」

と凄んだ。上田は剣道部にも入っていた。

私が布製の肩下げ鞄に机の中の勉強道具を収納して、下校仕度で薄暗い剣道場に入って行くと、上田はすでに待っていた。

おなじ先輩でも、主将で投手の黒崎は、寡黙で温厚な人だったので、私と杉山が退部を申し出たとき、

「そうか」

と言っただけだったが、捕手の上田は張り切り少年（ボーイ）で、その端正な顔立ちが、神経質で陰険な性格を表わしていた。

上田は私を認めると、ずかずかと歩み寄ってきて、いきなり私の両肩を掴み、

「辛抱できずに勝手な真似をしやがって」

そう怒鳴ると同時に、鉄拳が飛んできた。

「一人じゃ体裁が悪いから杉山を唆（そそのか）したんだろう。卓球なんて女子のやることだ」

私は、反論も弁解もせずに黙っていた。

「その軟弱な性根を叩き直してやるから、防具をつけろ」

そう怒鳴ると、上田は収納庫のほうへ向かった。

私は、やむなく防具を着けて立ち合ったが、試合ではないから上級生相手に積極的に攻勢

をかけるわけにはゆかず、もっぱら消極的な防御一辺倒にまわったので次第にへたばり、しまいにはどうでもなれと打ち込まれるままに任せて、完膚なきまでに叩きのめされた。

これが、私が上級生から受けた初めての私的制裁であった。

上田は、立ち上がれず四つん這いになったまま呼吸を荒げている私を見下ろして、

「どうだ、すこしは骨身に応えたか」

そう勝ち誇ったように言った。

私が黙っていたので、苛立った上田は、

「イエスか、ノーか」

と迫った。

「英語は敵国語である」

という理由で、私たちの教科書も現在の『リーダー1』だけで廃止になるといわれている時局下において、これだけが流行して誰憚ることなく使えるのには理由があった。

シンガポールを占領した陸軍第二十五軍の司令官山下奉文中将（後大将）が、イギリス軍パーシバル司令官と会談したとき、

「無条件降服せよ。イエスかノーか」

と語気鋭く強硬に迫って、ついにパーシバル司令官を承諾させた。

その緊迫した場面をクライマックスにした日本映画社の『マレー戦記』が、夏休みも終わりに近い八月下旬に封切られた。

私は、祖父に同伴してもらってこの映画を観たが、山下・パーシバル会談のこの場面は迫力があって小気味よかった。

そして、この『マレー戦記』は、破竹の勢いで連戦連勝する日本軍の勇壮な印象(イメージ)を私たちに強烈に植え付けた。

また、この会見の模様は、たまたま従軍していた宮本三郎画伯によって描写され、『山下・パーシバル両司令官会見図』と題した大作になり、戦争画の名作になった。

この山下将軍がパーシバル司令官に迫った、

「イエスか、ノーか」

は流行語になり、なにごとによらず決断を迫るときに使われたが、軍部もこの山下将軍の言動を誇りに思っているらしく、言論統制して英語の使用を禁止しているはずなのに、

「イエスか、ノーか」

だけは咎め立てすることがなかった。

攻撃精神が足りない

上田の私的制裁はその後もつづいた。

雨天で野球の練習が中止になると、きまって私を虐待することにして、

「放課後、剣道場へこい」

と呼びにきた。

そして、抵抗できない下級生を完膚なきまで叩きのめして、なにかの不満の捌け口や苦痛を忘れるための憂さ晴らしに利用するのだった。

野球部のなかでも、

「上田は、陰険でねちっこい」

ことで知られていたが、いちど狙いを付けたら徹底的に苛める陰湿な性格の男で、私は度重なる呼び出しに辟易していた。

体育担当の湯田教官は、ときおり上田と私が道場にいるのを見かけていたようだが、

（上級生が下級生に熱心に稽古をつけている）

ぐらいに思って、不審を抱かなかったのだろう、咎めることはなかった。

上田の私的制裁が執拗につづいたために、私の剣道は受け身で消極的な癖がついてしまった。

紅白試合のとき、私がときおり放課後に上田から稽古をつけてもらっていると思い込んでいる湯田教官は、積極性に欠ける私の試合振りが歯痒いらしく、相手が面を打ってくるのを払いながら抜き胴を入れても、

「攻撃精神が足りない」

と叱責して、一本勝ちを認めてはくれなかった。

私は、湯田教官に睨まれる覚えはなかったから、戦時下における精神教育の一環だろうと理解して、気にもかけなかった。

替え歌と配属将校

撃ちてし止まむ

太平洋戦争がはじまって二度目（昭和十八年〈一九四三〉）の新年を迎えた。

〈欲しがりません勝つまでは〉

の標語を浸透させた狙いどおり、衣食の欠乏がひどくなって、学生服は予備がなく、食事も一菜で我慢しなければならなくなってきた。

昨年八月中旬から五ヵ月にわたるガダルカナル島奪回作戦は成功せず、ついに断念せざるを得なくなった大本営は、二月一日から夜陰に乗じて撤退を開始させた。

この房総半島の二倍ぐらいあるソロモン諸島のガダルカナル島放棄によって、南太平洋における戦局の主導権はアメリカ軍に掌握されてしまったのであるが、大本営はこの奪回作戦の失敗をひた隠し（かく）にかくして、二月九日に、

「ガダルカナル島に作戦中の部隊は、その目的を達成せるにより、二月上旬同島を撤して他に転進せしめたり」

とだけ発表して取り繕（つくろ）ったので、私たち国民はこの敗戦を知らず、南方戦線は相変わらず有利に展開しているものとばかり思い込まされていた。

このころ陸軍省は、戦意昂揚を図って、

〈撃ちてし止まむ〉のポスターを配付し、電信柱（電柱）や住宅の塀、商店の硝子戸などいたるところに貼り出させた。

私は、このポスターを町中のあちこちでうんざりするほど見た記憶があるが、五万枚も刷って商店会、町内会に漏れなく配ったというから目立ったわけである。

「バック」は「背背（はいはい）」

なお、この年、昨年のレコード会社につづいて雑誌名に英語の使用が禁止になり、

『サンデー毎日』が『週刊毎日』に、
『エコノミスト』が『経済毎日』に、
『キング』が『富士』に、
『オール読物』が『文藝読物』に、

それぞれ誌名が変わった。

私たち少年は、英語を敵国語と極め付ける指導方針を信奉させられていたから、仮名文字に敵意を抱いていたが、それでも乗合自動車（バス）の車掌の掛け声が、

「オーライ」が「発車」

になったのはまだいいとしても、

「バック」が「背背（はいはい）」

というのには幼児をあやしているようで、こじつけもここまでくるとおかしかったし、野球用語までが日本語化されたのにはおどろいた。

「セーフ」が「よし」

「アウト」が「ひけ」

では馴染まず、野球好きだけになんとなく違和感を払拭できなかった。

ついでながら、この年、職業野球(プロ)ではユニフォームが枯草色(カーキ)に統一されて背番号が廃止になり、帽子は戦闘帽になったので、まるで軍隊のようだった。

こうなると、後楽園球場へ東京巨人軍(ジャイアンツ)と阪神猛虎軍(タイガース)の試合を観戦にいっても、とても職業(プロ)球団の選手とは思えず、有名選手が応召で欠けていることもあって、まるで草野球を観戦しているようであった。

替え歌の流行

あれも駄目、これも駄目と制約されて、軍人だけが幅を利かす世の中へのせめてもの鬱憤(うさ)晴らしに替え歌が流行(はや)った。

わが日本国は、最古の史書『古事記』『日本書紀』によって、初代天皇と伝えられている神武天皇が即位した年を皇紀元年としているから、キリスト誕生を紀元とする西暦より六百六十年以前になる。

したがって、昭和十五年(一九四〇)が皇紀二千六百年にあたり、この年十一月十日から五日間行事として町会や学校単位で昼は旗行列、夜は提灯(ちょうちん)行列が宮城へ奉祝に出向いた。

私は、このとき小学五年生だったが、提灯行列に参加して、寒い夜道を宮城まで往復歩いた。

そのとき作詞作曲された、『紀元は二千六百年』(増田好生作詞、森義八郎作曲)という歌がある。一番だけを記すと、

金鵄(きんし)輝く　日本の
栄(はえ)ある光　身に受けて
いまこそ祝え　この朝(あした)
紀元は二千六百年
あゝ　一億の胸はなる

というのだ。

これを、煙草が一斉に値上げされたことへの怨みを籠めて、

『金鵄』上がって　十五銭
栄えある『光』三十銭
遙かに仰ぐ『鵬翼(ほうよく)』は

二十五銭に　なりました
あゝ　一億は皆困る

と替えて唄った。
また、『愛国行進曲』（森川幸雄作詞、瀬戸口藤吉作曲）という歌、

見よ東海の　空あけて
旭日高く　輝けば
天地の正気　潑剌と
希望は躍る　大八洲
おゝ　清朗の朝雲に
聳ゆる富士の　姿こそ
金甌無欠　揺ぎなき
わが日本の　誇りなれ

を、当時の総理大臣である陸軍大将東條英機が禿頭だったことを揶揄い、

見よ東條の　はげあたま

旭日高く　輝けば
天地にぴかりと　反射する
蝿がとまれば　つるとすべる
……（以下記憶が定かでないので省略）

と替えて唄った。

これは、私たち子供も好んで唄い、腹を抱えて笑い合ったのであるが、これについては苦い思い出がある。

東條の雪ダルマ

朝から降った雪が、放課後には五、六センチ積もったので、私たちは校庭へ出て雪合戦で遊んだあと、雪ダルマをつくった。

このころになると、二年生は師範学校への進学試験勉強で、授業が終わると急いで帰宅していたので、上田の私的制裁もなくなり、放課後は誰はばかることなく振る舞える私たち一年生の天国であった。

用務員室から炭団と炭の欠片をもらってきて、眼、鼻、口をつくり、ちょび髭と眼鏡を書くと、なんと東條総理そっくりになった。

私たちは、その雪ダルマの頭を目がけて、

と唄いながら、雪を丸めて投げつけることを繰り返した。

どのくらい時間が経過したのか、夢中で騒いでいたので判らなかったが、突然背後から、

「貴様ら、なにをしておるか」

と怒鳴られた。

振り向くと、そこに高等師範の軍事教練を担当している配属将校が立っていた。

「いやしくも総理をからかい、雪礫を投げつけるとは何事か。この非国民どもが」

そう叱責されると、罰として後方の小高い岡の上にある心字池の周囲を早駆けで回ってくるよう命ぜられた。

容易に上れる岡なので、いっき駆けしたが、雪がへばり付いているので滑って閉口した。心字池は、文字どおり俯瞰すると〈心〉という字になっているので、〈心〉の外側を回るのはかなり距離があった。

ようやく一周して戻ってくると、

「もう一周」

と非情な掛け声が繰り返された。

いったい何周させられたか数え切れず、寒中だというのに全身汗塗れになり、足が縺れて転倒がつづくころになって、ようやく、

「止めッ」

の号令が掛かった。

（やっと解放される）

と全身の力が抜けた途端に、信じられない声が飛んだ。

「整列して、その場で腕立て伏せ」

（冗談じゃない、雪の上だぞ）

そう不貞腐りながら、渋々四つん這いになった。

掌の感覚がなくなってゆくにつれて、その下の雪が融けて土が顔を出した。その土の感触がなんとも軟らかく、暖かく感じられた。

軍人と警察官には気を付けよ

どのくらいの時間が経過しただろうか。

全身が気怠くなり、頭が朦朧（もうろう）となりかかってきたころになって、どこから報（し）らされたか担任の松浦教官が駆け付けてきた。

そして、配属将校に平身低頭して謝罪してくれた。

どこまで体罰を与えるか、歯止めが利かなくなっていたであろう配属将校は、やめる切っかけを得た救いの神の出現に吻（ほっ）としたであろうに、その松浦教官に横柄な態度で厭味（いやみ）を垂れておいてから、肩肘張って去っていった。

そのあと、私たちは教室へ戻され、松浦教官にあらためて説教されてから解放されたのだが、そのとき生真面目な松浦教官から、子供といえども軍人と警察官には特に言動を気を付けるよう注意された。

たしかに、このごろ軍人は町中で幅を利かせていたし、警察官は、ちょっとしたことにも目くじらを立てるようになっていて、どちらもなにに昂奮しているのか、威張り散らしていた。

先刻の配属将校もそうで、現役の中尉だったが、なにが不服なのかかなり意固地になっているように思えた。

下校の途中、みんなで非道い目に遭ったことを慰め合いながら、そのことが、話題になった。

だが、子供の私たちに大人の真意が判ろうはずはなく、話は進展しなかったが、いまにして思えば、あのときの配属将校は、軍隊組織のなかではポストがないため、民間大学の軍事訓練担当教官として派遣されたのだろう。

とすると、予備役編入とは紙一重であり、軍隊内部における窓際族だったに違いない。

そんなことから、人事考課による処遇が面白くなく、不貞腐れて根性が曲がり、陰険な男になってしまったのであろう。

そろそろ新入生の一年間が終わろうとしていたが、太平洋戦争の進展とともに、ミッドウェー海戦やガダルカナル島の敗戦は知らずとも、なんとなく世の中の活力が失せて、沈み込んでゆくような気配が察せられた。

元帥の仇は……

教官フィリピンへ

昭和十八年四月、私たちは二年生に進級した。

この年度から中等学校の修業年限が五年から四年に短縮され、教科書が国定化された。

そのことにはあまり関心がなかったが、私が驚いたのは、日本史を面白く講義してくれていたあの宮腰教官が退官されたということであった。

司政官に徴用されてフィリピンへ行かれたという。寝耳に水の話であった。

作家が従軍記者に徴用されて戦記を書かされているように、宮腰教官は軍属になったのだと思っていた。

あとで判ったことであるが、司政官というのは南方占領地域の軍政に参画して補佐する臨時職員だという。

つまり、戦闘員ではなく、占領した地域の民政を担当する役人なのだ。

まだ戦火の燻（くすぶ）るなかへ、丸腰で入ってゆくのだから、危険極まりないわけで、宮腰教官の安否が気遣われた。

私は、宮腰教官が教壇から去ってしまったことで、日本史への興味が半減してしまい、宮腰教官の後任担当教官が誰だったのか、その話ぶりはどうだったのか、まったく記憶がないから、宮腰教官の話術への心酔と、その人格への傾倒が余程深かったわけで、このことを契機にして、祖父に命ぜられるままにその気になっていた教師になる思いは、揺らいでいった。

山本五十六長官戦死

新学期がはじまってふた月になろうとする五月二十一日、私は大きな衝撃を受けた。

この日、ラジオで報じられた大本営発表は、まさに青天の霹靂であった。

「聯合艦隊司令長官海軍大将山本五十六は、本年四月前線に於て全般作戦指導中敵と交戦、飛行機上にて壮烈なる戦死を遂げたり、後任には海軍大将古賀峯一親補せられ、すでに聯合艦隊の指揮を執りつつあり」

聯合艦隊司令長官というのは、私たちのあいだでは空母中心の航空艦隊を含む全艦隊を束ねる海軍戦闘部隊の最高指揮官であるから、途轍もなく偉い人という認識であった。戦国時代でいえば、上杉謙信や武田信玄のように一国の総大将であるから、その人の戦死はその国の敗北を意味する。

私たちもそうだったが、山本長官戦死の報道だけであったならば、このとき全国民ははっきりと敗戦を自覚したに違いない。

だが、報道は山本長官の戦死を伝えたあとで、透かさず、

「後任には海軍大将古賀峯一親補せられ、すでに聯合艦隊の指揮を執りつつあり」

つまり、組織と実施部隊にはなんらの支障も影響もないことを知らされたので、衝撃は受

けたがこのことで敗北感に打ち拉(ひし)がれることはなく、ほっと胸を撫で下ろした。

むしろ、私たち少年は、山本長官の仇を討つべく、一矢(いっし)報いる意欲に燃えた。

新聞は、山本長官戦死の大本営発表と同時に、大勲位、功一級、正三位に叙せられ、元帥の称号を受けて、国葬を賜ったとする情報局の発表も同時掲載していた。

そして、新聞はその日から毎日、元帥の軍歴をはじめ、出生から海軍兵学校生徒になるまでの経歴や、挿話(エピソード)などを逐次紹介した。

私は、それらの記事を夢中で読んでいるうちに、遙か雲の上の存在であった元帥に親近感を覚えて、その人格に傾倒してゆき、特集した『文藝春秋』や『週刊毎日』が発売されると矢も楯もたまらず、母にねだって買ってもらい、貪り読んだ。

山本元帥国葬と『海軍』

山本元帥の国葬は、日露戦争の日本海海戦で一躍有名になった東郷平八郎元帥が昭和九年（一九三四）五月三十日に八十七歳で死去して、初めて国葬を賜った日とおなじ六月五日に決まった。

国葬当日は土曜日か日曜日だったのか、それとも休校だったのか定かでないが、叔父の家に同居している祖父に同行してもらって、日比谷公園の斎場まで出向いて参列した。

一般の参拝は午後だった。

公園付近は人で溢れ、たいへんな混雑でとても祭壇に近づくことなど出来なかったが、寂として声なく、静まり返った無気味な雰囲気に包まれていたことが忘れられない。

帰路は銀座へ出たが、映画館、劇場、飲食店はみな休業で、町中はひっそりしていた。

なぜそんなことまで憶えているかというと、いつも祖父が誘ってくれるときは、外食して映画か芝居か寄席を見物することにきまっていたからである。

国葬に参列したことで、山本元帥の偉大さはますます膨らんでいった。

私は、戦死発表の朝日新聞記事のところに、純白の軍服（第二種軍装）で右手に脇差を持って立つ元帥の写真が載っていたのを切り抜いて封筒に入れ、机の中に大切に蔵っておいた。

このあと海軍省は、陸軍省の、

〈撃ちてし止まぬ〉

の標語につづいて、

〈元帥の仇は増産で〉

を掲げて、さらなる戦意の昂揚を煽った。

実は、この山本長官戦死の発表があった十日後の三十日に、米・ソ両国の連携を遮断するため昨年六月に占領していたアリューシャン列島西端のアッツ、キスカ両島のうち、アッツ島が十二日から米軍の反撃を受け、二十九日に山崎保代大佐以下二千五百七十六名全員が玉砕したと報道されたので、相次ぐ悲報に悄然としていたところだったから、

「仇討ち」

という言葉は奮起を促すに適切な響きがあった。

いっぽう、キスカ島の守備隊五千六百名のほうは、七月二十九日に木村昌福（まさとみ）少将麾下の第一水雷戦隊が、濃霧に紛れて入港し全員救出に成功した、というのでほっとしたが、敗報には違いなかった。

そのころ、昨年七月から年末まで朝日新聞に連載されて評判になっていた岩田豊雄（とよお）の著作『海軍』が単行本になって発売されたので、私はまたも母にねだって買ってもらった。

作中の主人公（ヒーロー）谷眞人（まさと）は、開戦時に特殊潜航艇に乗って真珠湾（パールハーバー）に碇泊中の艦船を攻撃して戦死した九軍神の一人横山正治少佐をモデルにしていた。

私は、この本をなんども読み返しているうちに、いつか山本元帥や横山少佐の海軍にのめり込んでいった。

学徒も戦場へ

この年、四月に東京六大学野球連盟が解散になって、よく祖父につれていってもらっていた神宮球場での早慶戦はもう観戦できなくなっていたし、六月には『学徒戦時動員体制確立要綱』により学徒は勤労動員され、学業を休止して軍需生産に従事するように仕向けられてゆき、学問も運動も取り上げられた学生は、将来への夢や希望は泡沫（うたかた）と消えて、軍人として国家防衛の楯になるか、工場労働者の一員として武器弾薬の増産に従事するか、しか選択の余地はなくなった。

夏休み明けには、空襲時の混乱を憂慮して上野動物園の猛獣や毒蛇などが毒殺された。

政府は、十月十二日に『教育に関する戦時非常措置方策』を決定して、理工科系と教員養成系以外の学徒の徴兵猶予を停止した。

これまで男子は、満二十歳になると徴兵適齢者として検査を強制され、適否を採点されて合格者は直ちに兵役を課せられていた。

つまり、心体健全な男子は、満二十歳になると学徒以外は強制的に軍役を課せられ、一兵卒として軍務に従事させられていたのである。

その例外が見直されて、理科、工科、師範系の学生以外、つまり文科系の学生は徴兵を猶予せず、一般青年とおなじ扱いにされたのだ。

これは、戦線の拡大と多数の戦死者で、兵員の不足が深刻になってきていたあらわれであった。

一部の学生は、理工科系に転部して兵役を逃れに走ったが、大半の学生は徴兵された。

そして十月二十一日、神宮外苑競技場において出陣学徒の壮行会が挙行され、徴兵猶予を停止された学生七万人が学帽、制服姿に脚絆（ゲートル）を巻き、銃を肩に担（かつ）いで、折から降りしきる雨の中を行進した。

後日、そのときの雨中の大行進をニュース映画で観て頼もしく思い、少年兵志願を決意していた私は胸を膨らませた。

これを契機にして十一月に『兵役法』が改正され、適齢を一年引き下げて十九歳にすると同時に、最高齢が四十五歳まで延長になった。

そのためであろう、町内のあちこちから若い父親たちの召集が目立ちはじめた。

隣家への召集令状

わが家の隣りの菰田(こもだ)家は、三十代の夫婦と四歳と二歳の幼女の四人家族であったが、その父親に召集令状がきた。

当時軍隊に召集されるということは名誉であったので、町内会の下部組織「隣組」の組長はさっそく回覧板でそのことを知らせ、近所の人たちは率先して挨拶に出向いた。

私や弟も、母につれられて菰田家を訪ねた。

事情を知らぬ幼な子たちは、いつにない人の出入りに燥(はしや)いでいたが、応対する小母さんはどこか淋しそうであった。

さっそく、隣組で〈千人針〉が回された。

白布に千個の丸印をつけておいて、そこへ女性が一針縫って糸を結ぶ。

これを腹に巻いて戦場に立つと、敵弾が避けて通るといわれていた。

〈虎は千里往(い)って千里還(かえ)る〉の譬えから、寅歳の女性は自分の歳の数だけ縫えるので、私の母はいつもそうしていた。

隣組だけで千個は縫えないから、婦人たちが交替で街道に立って、通りかかった女性たちに縫ってもらった。

和服に白い前掛け(エプロン)姿の婦人が、〈大日本国防婦人会〉と墨書した白い帯を袈裟懸けにして

〈千人針〉を持ち、街頭に立っている姿をよく見かけたものである。

菰田の小父さんの入隊の日は、町内の人たちが大勢集まり、隣組長と本人が挨拶したあと、紙の日の丸小旗を振って都電の大塚窪町停留所まで行き、

「万歳、万歳」

を唱えて小旗を振り上げ、盛大に見送った。

その後、菰田の小父さんがいちどひょっこり帰宅したのに出会ったことがある。

私の眼に、凛々しい海軍下士官の軍服姿が眩しく映った。

右腕に官職区別章がついていたが、まだ判別知識のない私には、階級も兵種も判らなかった。

そのとき私は、

「いつ戦地へ行くのですか」

と尋ねたが、小父さんは笑っているだけで答えなかった。

戦後に風聞したところによると、菰田の小父さんはあれから駆逐艦に乗艦して横須賀を出港し、南方戦線に行ったが海戦で撃沈され、艦と運命をともにしたということであった。

あのときの帰宅は、家族に別離を告げるためだったのである。

こうして、私たちの身辺からも応召する人たちが出てきたが、そのことが却って私たち少年をも奮い立たせて、

「鬼畜米英」

「撃ちてし止まん」
だと、国家防衛の楯になる意志を強固にする撥条（ばね）になっていった。

『無法松の一生』の試写会

世の中がそんな雰囲気になってきているのに、なぜかこの年に封切られた映画は、のちに東宝と松竹の巨匠といわれる二人の監督のデビュー作品、黒澤明の『姿三四郎』、木下惠介の『花咲く港』といった戦記物でない作品だけが記憶に残っている。

こう書いてくると、戦時中育ちの少年のくせによく映画を観に行ったものだ、と呆れ返る向きもあろうが、学齢に達する前年に父を亡くした私を不愍に思った祖父と叔父が、自分たちの映画好きもあってよく新宿や浅草へ連れていってくれたのである。

小学生のころは、上映前後の期待と昂奮で館内が活気づいているなかを、休憩時間に駄菓子の売り子が声を張り上げて通路を周り歩いたものであるが、このころは駄菓子の販売もなく、静かに観賞する雰囲気になっていた。

映画といえば、この年私は初めて独りで試写会に行き、まだ封切りまえの作品を観た。

どうして映画館でもない会場で、無料で試写会など観られたのかまったく憶えがないのだが、一人で観に行ったことは間違いない。

会場は神田一ツ橋の共立講堂、試写映画は大映稲垣浩監督の『無法松の一生』で、田村高廣、正和、亮三兄弟の父阪東妻三郎（ばんどうつまさぶろう）が富島松五郎を演じていた。

時代劇役者の阪妻が現代劇に主演しているのが珍らしく、上映中の暗い会場で母が夕食に持たせてくれた蒸かした甘藷を頬張りながら観賞したことを憶えている。

予科練志願

進路への迷い

私は、祖父や叔父に感化されたといっても、映画ばかり観ていたわけではない。勉学に勤しむことを本分とする学生の身であったし、師範学校へ進学するための受験勉強、国語、地理、歴史、それに苦手の解析（幾何）には一層精出さなければならなかった。

だが、宮腰教官が退官されてからというもの、あれほどまで専攻しようとのめり込んでいた日本史への興味が薄らぎ、ひいては師範学校への進学意欲も萎えてしまっていた。

かわりに、山本元帥と横山少佐に心酔してからというもの、海軍兵学校の名が脳裡に浮かび上がってきていたのだが、受験資格はまだ二年先であった。

いったん師範学校へ進んで卒業してからか、このまま中等科へ転科させてもらって四年修了してからでなければならなかった。

どうしたものか迷っているうちに、月日は容赦なく過ぎていった。

陸軍大将東條英機が総理になって太平洋戦争が勃発すると、東條は外務、内務、陸軍、文部、商工、軍需の各大臣を兼務して独裁者内閣を確立させた。

こうして軍国主義国家に変貌すると、大正民主主義(デモクラシー)時代には、
「穀潰し」
と言われていたと伝えられている軍人が、奈落の底から檜舞台に這い上がって脚光を浴び、肩肘張って闊歩するようになってきた。

配属将校が威張り散らし、現役から外れた予備役や退役の在郷軍人までもが伸(の)し上(あ)がって幅を利かせるようになった。

雪の日に、私たちに制裁を加えたあの配属将校も例外ではなかった。用事もないのに毎日構内(キャンパス)を闊歩して示威運動(デモンストレーション)を繰り返していたが、ある日朝礼中の校庭にひょっこり現われると、主任教官が訓話する壇上に立って、
「わが陸海軍は君たちを求めている。銃後の守りは両親や姉妹に任せておいて、いまこそ立ち上がって聖戦に参加することを希望する」
その物言いは、まるで自分が陸軍大臣ででもあるかのような威丈高な口調であった。

この日以後、配属将校はたびたび朝礼時にやってきてはおなじ文句を繰り返していたが、次第に自分の言葉に酔って高圧的な態度になり、乱暴な物言いになっていった。

学校のほうも、配属将校の背後にある軍部の存在が意識されるようになってくると、国策に添うべく消極的にでも生徒たちを陸海軍の少年兵に斡旋せざるを得なくなったのか、募集要項が配布されるようになった。

どうせ軍隊に入るなら

いっぽう、町内会を見回しても、隣家の菰田の小父さんのような予備役の人たち、学生や徴兵検査まえの少年たちなど、娘だけの母子家庭のほかは大抵各家庭から一人や二人は軍隊に入隊するようになった。

級友たちの家庭でも、兄が従兄が叔父が志願したり召集されたりしていた。

それに引き換え、祖父と母と弟四人家族のわが家は、適齢者がいないこともあって一人も出していなかったから、私は級内で肩身が狭く、祖父も母も世間体を気にしているのではないかと慮れて、胸を痛めた。

（この家で、軍人を志願できるのは、俺しかいない）

私は、あらためてそう思った。

祖父は七十歳に達していたし、弟はまだ小学三年生であった。

私の母は、気丈な人で、もともと無口だったが内面（うちづら）が悪かった。

そうでなくとも日中は和裁を生業にしていたし、夜は近所の娘さんたちに裁縫を教えていたので、私たちとあまり話をする時間がなく、朝食と夕食のときがせめてもの母子対話の機会であったが、私はなにかにつけて、

「おまえはこの家の長男なのだから」

と厳しく叱責されることが多かった。

そこには、母親の愛情は籠められていなかった。

あれは、たしか小学校四、五年生のころだった。夜、近所に火事があって、わが家も類焼が心配された。

そのとき、母は私に、

「おまえは長男なのだから、ご先祖様をお守りしなさい」

と、子供には大き過ぎる仏壇を背負わされたことがあった。

そんなことから、私は、

（いずれ、成人すればこの家の家長になるのだ）

という自覚が、このころすでに芽生えていた。

このまま教師になるコースを進んで、豊島師範経由で高等師範を目指したところで、いずれは現在の学生のように、途中で軍籍に入れられてしまうだろう。

おなじことになるのなら、ここで少年兵を志願したほうが国策に添えるし、ひいては可愛がってくれた祖父への恩返し、母への親孝行にもなる。

祖父も母も、教師になることを断念して軍人への道を選ぶことについて、積極的には賛成してくれなくとも、世間並の家庭になれることでほっとするに違いない。

そのぐらいのことは、少年の私にも推察することが出来た。

海軍飛行兵になろう

そうと決意したからには、先手を打って即刻学校に意思表示をしたほうが受けがいい。

陸海軍のどちらを選ぶかについては、迷いがなかった。
あの配属将校の着用していた陸軍の軍服姿などは、見ただけで反吐が出る思いだった。
それに、ニュース映画でよく観る、鉄兜をかぶり、背嚢を背負い、銃を担いでの重装備で、
敵の部隊を追って長距離を強行軍する歩兵などは、とても体力に自信がなかった。
どこまでつづく　泥濘ぞ
三日二夜を　食もなく
雨降りしぶく　鉄兜
（「討匪行」関東軍・八木沼丈夫作詞、藤原義江作曲）

ときては、思っただけでもぞっとする。

そこへゆくと、海軍は重装備で行軍しなくてもすむ。

だが、私は泳ぎが苦手だった。まったく泳げない金槌ではなかったが、級友たちがなんども折り返して泳ぎつづけられるのに、私は体力の限界なのか、一〇〇メートルほど泳いだあたりから均衡が崩れて、体が沈むようになってしまうのだった。

まったく泳げない者は、練習時間のあと残されて、太い竹棹に括りつけられ、両端を持った当番の級友に引き摺られながらなんども往復して覚えさせられる。

私もその仲間に入れてもらったことがある。そのときはなんども往復できるのだが、自力

になるとまた一〇〇メートル程度に戻ってしまい、いくら練習を重ねてもそれ以上距離は伸びなかった。

泳げなければ海軍は駄目かと思ったが、しかし海軍にも陸・海・空の部隊があるのだから、かならずしも遠泳できることが採用条件ではないだろうと思い直した。

だが、艦船勤務に就けば、水練が達者でないといざというとき自分の身を守れないことになる。

軍人を志すからには、戦闘で死ぬことは当然覚悟しているが、たとえば、不幸にして海戦で頼みの乗艦が撃沈されたとき、金槌と未熟者は救助艦がくるまでのあいだに踠(もが)き苦しんで溺死してしまう。

戦闘ではおなじに生き残りながら、泳げると泳げないとで生死が分かれる艦船勤務は不公平だし、そんなみっともない死に様は嫌だった。

そこへゆくと飛行兵はいい。たとえ泳げる者と泳げない者が組(ペア)であっても、遭遇戦に敗れて撃墜されればともに死ぬ。しかも瞬時にであるから、艦船勤務のように海中へ投げ出されて踠き苦しむみっともない死に様は晒さずにすむ。

空を飛ぶことへの憧憬(あこがれ)は、今井さんの小母さんにつれていってもらった映画『鳥人』を観て以来、ずっと潜在していた。

私は、夏休み中にそんなことをあれこれ考え合わせて慎重に選択した結果、〈予科練（海軍飛行予科練習生）〉

を志願することに決めた。

家族を説得する

予科練には、甲、乙、丙の三種類があって、
甲種は、中学四年一学期修了以上だったのが、開戦以来三年修了程度に改められた。

乙種は、中学二年修了程度、満十四歳以上で、私が目指すのはこの乙種予科練であった。

丙種は、すでに軍籍にある一般兵科からの転科で、満二十三歳以下となっていた。

翌日、夕食のときに母と弟のまえでそのことを告げた。

「おまえは、長男なんだから」

軍人になどならずに、教師になって家を守りなさい、と母は言った。

「このまま師範学校へ進学しても、遅かれ早かれ学徒動員で引っ張られる。おなじことなら仕方なく軍人になったと思われるより率先したほうが世間体もいいし、『出征兵士の家』の札が貼られて肩身も広い」

そんなようなことを言って、母を説得した。

三年生の弟は、きょとんとした顔で母と私の遣り取りを聴いていた。

母は、私の話を聴きながら、隣りに坐っている弟の顔をじっと見ていた。

(長男を手離しても、次男がいる)

母は、そう思ったかどうか判らぬが、

「おまえが、どうしてもそうするというのなら仕方がない」

それが、渋々ながら承諾した母の意思表明であった。

夏休み最後の週の日曜日に、私は母と弟と三人で荻窪の叔父の家を訪ねた。

私は、祖父と叔父に、母に告げたこととおなじ決意を述べた。

四十歳になる叔父は、補充兵の拡大枠に入るから、自分にもいつ赤紙（召集令状）がくるかも知れぬ状況にあったので、

「実家の長男だからなあ」

できることなら思い留まって欲しいという程度で、強いて反対しなかったし、自分の見果てぬ夢を私に託した祖父は、裏切られたことで一人反対したが、ついには母と叔父がいいというなら仕方がないと諦めて、渋々承諾した。

教官・級友の称賛と配属将校の苦い顔

二学期がはじまるとすぐに、私は陸海軍の学校を目指すといっていた級友たちに、自分の意思決定を告げた。

陸軍は、幼年学校をはじめ飛行、通信、防空、砲術、戦車学校など多彩で、受験しようと志す級友は選択に迷っていたが、海軍は飛行と通信の二校だけだった。

私は、始業前に職員室へ出向いて、担任の松浦教官に海軍への志願を告げた。

まさか小柄で痩身の私が軍学校を受験しようとは、思いも寄らなかったらしい松浦教官は、

しばし唖然としていたが、やがて、

「親は承諾したのか」

そう低い声でぽつりと念を押した。

剣道場で上田から私的制裁を受けているのを見て見ぬ振りをし、剣道の教科のときも、受け身が癖になってしまっている私に、

「攻撃精神が足りない」

と叱責して、一本勝ちを認めてくれなかった湯田教官が、傍から口を挟み、

「そうか、予科練を志願するか」

そう言って、微笑(わら)った。

「君の選択は正しい。教師になることもいいが、この非常時においてはまず国策に添うことが先決である。軍学校への志望が叶(かな)わなかったときにあらためて教師への道を選んでも遅くはない」

湯田教官の決まり文句であったが、とにかく本校の生徒のなかから一人でも多くの少年兵志願者が出てくれれば、学校として軍関係への体面が保てるわけで、ほっと胸を撫で下ろしているような表情であった。

私の予科練志願は、午前中に早くも級友たちに知られるところとなり、これまでなにごとにも消極的であった私が、意外な行動に出た驚きで、級友たちが騒ぎ立てた。

噂の伝播は早いもので、その日のうちに校内中に知れ渡ってしまった。

私は、勇気ある行為と絶讃してくれる湯田教官の一変した畏敬の眼差しが眩しく、自分が檜舞台に立って脚光を浴びているような錯覚を起こして面映ゆくもあったが、職員室で湯田教官に誉められ、煽てられたことで気をよくした。

そんななかにあって、例の配属将校だけは苦い顔をしていた。

玄関から教室へ通ずる廊下で偶然出会ったとき、呼び止められて、

「貴様は、予科練を志願するそうだな」

「はい、そうです」

「なぜ、陸軍へ行かんのだ」

（あんたとおなじ軍服姿は、見るのも嫌なんだ）

そうは思っていても、あからさまに言えるはずはないので、

「海軍ではいけませんか」

そう質問を返すと、配属将校はじっと私の顔を見詰めていたが、返答に窮したのか黙したまま立ち去っていった。

（様を見ろ）

私は、ついに仕返しをしてやった、と思い、溜飲を下げた。

次の日に、私は担任の松浦教官の許可を得て、授業中に小石川区役所へ願書をもらいに行った。

所内の壁に陸海軍少年兵募集のポスターは貼ってあったが、どこで受け付けているか判ら

なかったので、行きあたりばったりの窓口で尋ねて指示されたのが、〈兵事課〉だった。

そこの中年の係の人に応募用紙をもらったが、叔父より年長に見えるその人は手馴れていて、

「私たちの分まで頑張って下さい」

と励ましてくれた。

私は、その場で応募用紙に第一希望〈乙種飛行兵〉、第二希望〈電信兵〉と書き、第三希望は考えていなかったので〈一般水兵〉と書いて提出した。

試験の日

たしか十月下旬頃だったと思う試験当日、私は新聞を切り抜いて大切に蔵っておいた山本長官の肖像を机の引き出しから取り出し、内ポケットに収めて出かけた。

会場に指定された小石川区役所内の机を並べただけの講堂のような場所に集まったのは、百人ぐらいいただろうか。みな精悍な面魂をしていた。

口頭試問（口述試験）と学力試験からはじまったが、学科は地理、歴史、国語、漢文で特に難しかった記憶はないから、私の学力程度の出題だったのだろう。

そのあと、大分待たされてから身体検査と適性検査があった。

触診検査は軍医官だったが、そのほかの検査は衛生下士官で、衛生兵が助手をしていた。

私は、小柄で痩せていたので、上半身裸になって整列すると見劣りがして、怯(ひる)んだ。

視力には自信があったが、握力や背筋力は計器を握る拳の力が弱く、われながら落胆した。肺活量も、小学校四年生の三学期に微熱がつづき、肺門淋巴腺炎と診断されてひと月あまり欠席したことがあったので弱く、検査助手が首を傾げていた。

簡単な適性検査にも失敗した。

生来の不器用が祟って、右手と右足に白墨を挟み、右手で丸、右足で三角を同時に書くことが出来ずに、どちらかが疎(おろそ)かになってしまったし、蓋のない箱の中の座席に坐って急速回転に堪え、停止するや素早く箱から出て直立不動の姿勢をとるように指示されたが、それが出来ず、蹌踉(よろ)けるだけではなく、眼を回して床に手をついてしまった。

十人一組だったので全員については判らなかったが、私の組の中では成功者が数人いて驚いた。

最後が面接試験であったが、私はその順番待ちのあいだに今日の受験結果を省みて、飛行兵は不適確だろうと自己判断した。

その待ち時間は長くて退屈だった。私語は禁じられていたので持参図書を黙読するしかなかったが、私をはじめ大多数は持参しなかったので、前方に視線を向けたままじっと過ごすよりほかなかった。

試験官はみな下士官だったが、監督官らしい中尉の襟章をつけた士官が突然見回りにきて、最前列で足を止めると、そこにいる受験生に、

「なにを読んでいる」

と問いかけながら、分厚い本を取り上げて表紙を確認したようであったが、頷きながら顔を上げると、

「みな聞け。この者は待機時間を無駄に過ごさずに漢和辞典を読んでおった。じつによい心掛けである。いいか、現在は一億火の玉となって鬼畜米英に立ち向かう非常事態である。この者のように一時たりとも無駄にすることなく、緊張して励むように。いいな」

そう説教しておいてから、その受験生を立たせてみなの方へ向けさせると、さらに讃辞を加えた。

私は、その受験生が監督官に認められたことによって、操行の考課点数が上がるに違いなく、その要領のよさに感心した。

飛行兵がだめなら電信兵に

面接の順番がきて氏名を呼ばれ、六畳ほどの洋室に入ってゆくと、そこにはちょび髭を生やした中佐を挟んで先刻の中尉ともう一人の少尉が両脇に坐っていた。

北海道、東北、関東、東海地域を管轄する横須賀鎮守府の武官らしいその髭の中佐が、しばらく私の提出した『身上書』に眼を通していたが、

「君と同姓の兵学校長をされた中将がおられたが、親戚か」

私は、不意の問いかけに面喰らった。

試験結果に自信がなかったので、もし不合格になれば東京へきてから祖父につれられてな

んどか会ったことのあるその退役中将の名を汚すことになってしまう。

だからといって、余談とはいえ質問されたからには返事をしないわけにはいかなかったから、仕方なく、

「はい。祖父の義弟ですが、もう亡くなりました」

と低声(こごえ)で答えた。

「君は、兵学校を受験するまで待たんのか」

それについては、近隣の家々から息子たちが次々に召集や志願で出征してゆくのに、二年も待つことは肩身が狭い旨を告げ、また、学校からも、

「非常事態であるから、まず陸海軍の学校を受験して、叶わぬときには師範学校へ進学するということにしてはどうか」

と奨(すす)められたことも付け加えた。

「そうか。君は母子家庭の長男であるのに、よく志願する気になったな」

髭の中佐は、そう誉(ほ)めながら、私の応募に満足そうであった。

私は、学科試験には自信があったが、飛行訓練に堪え得る頑健な体力と運動神経の測定は、篩(ふるい)から零(こぼ)されたに違いなく、乙種予科練とおなじ練習生として通信学校へ入校できる第二志望を書いておいてよかったと思った。

髭の中佐は、そんな私の胸中を見透かしたかのように、

「昨今、君たちのあいだでは、七つ釦(ぼたん)に憧憬(あこが)れて予科練だけが持て囃(はや)されているようだが、

なにも飛行兵だけが軍人ではない」

そう言って、軍国少年が予科練だけに偏る傾向を誡めておいてから、

「もし、飛行兵には不適確であっても、学科が及第しておればほかの道もある。予科練に拘らずに第二志望にあげた電信兵になっておいても、電信技術で優秀な成績を修めれば、航空隊へ配属され、あらためて訓練を受けて偵察搭乗員になれる機会もある。予科練だけに固執しないように」

髭の中佐は、私を飛行兵になれなければ電信兵になるよう親切に指導して、激励してくれた。

「試験結果は、今年中に現住所宛に郵送で知らせる」

そう告げられて、その日の受験は終了した。

夕刻の町へ出て、家路を辿っているうちに予科練への執着は次第に稀薄になっていった。たとえ、ここで予科練に合格しても、土浦航空隊へ入隊するときに、現地でもういちど本格的な適性検査があるという。

土浦まで行って不合格になったのでは引っ込みがつかないし、そうなってから慌てて他の術科学校を受験し直すといっても、恰度そのとき募集があるかどうかは判らない。

再度予科練受験を目指しても、そのときは中等科へ転科しているか、師範学校へ進学してしまっているから中途半端だし、あの配属将校や湯田教官、それに町内会の人たちの手前、すんなり海軍に入ってしまいたかった。

あの髭の中佐は、

「飛行兵が駄目なら、電信兵になればいい」

と言ってくれたが、今日の予科練受験がそうであったように、第一志望でも篩にかけられて零されるというのに、第二志望者が潜り込める余地などあろうはずもなく、どう考えてもあの髭の中佐の言葉は私が予科練を不合格になっても落胆しないように慰めてくれた程度のことだったのだと思われて仕方がなかった。

第三志望の一般兵は特別年少兵で、略して〈特年兵〉といい、十八歳以上の志願兵や徴兵と一緒に海兵団に入り、基礎教育を受けてから砲術、航海、水雷、整備、工作、主計、看護などの術科学校へ行くか、一般水兵として実施部隊へ出るのであるが、いずれにしても特年兵は艦船勤務になるので、滑り止めにしておいて、予科練が駄目なら電信練習生に採用して欲しかった。

翌日、登校するとすぐ職員室へ行って、担任の松浦教官に報告した。

一部始終を聴取した松浦教官は、

「いちおう、師範学校も受験しておくように」

勧(すす)めてくれたので、私は二月の豊島師範受験に素直に応じてその場を取り繕っておいたが、最早海軍一辺倒になっていて、師範学校へ進学の意志はまったく失せてしまっていた。

それからというものは、家族や町内会の人たちには海軍志願の合格間違いなしの態度をとりつづけ、学校には師範学校への進学勉強にも精出している振りをして、ただひたすらに横須賀鎮守府からの決定通知を待ちつづけた。

防府海軍通信学校ニ入校スベシ

合格通知

二学期の試験が終わって、十二月もあと半月に迫ると、横須賀鎮守府からの決定通知が気になって、落ち着かなかった。

毎日学校から帰ると、母に、

「ただいま」

の挨拶をしたあとで、

(今日はきたかどうか)

を確認する日々がつづいた。

採否についてはすでに腹を括(くく)っていたが、どちらにしろ結果が出ないことにはなんとも落ち着かなかった。

師範学校受験の願書はすでに提出してあったが、海軍練習生が不合格に決まって、新規まき直しのすっきりした気分になったところで、あらためて受験したかったので、やきもきしていたのである。

首を長くして通知を待っているあいだに、ひょっとして合格者だけに通知されるのではないかと勘繰るようになっていって、不安が募った。

待ちに待った通知は、もったいぶって散々気を持たせておいてから、ひょっこりやってきた。

通知には、まず本籍地の東京都がゴム印で押されて、その下に私の氏名が書きつけられていた。そして、そのあとに、

右海軍電信兵ニ採用徴募ス
昭和十九年五月二十五日防府海軍通信学校ニ入校スベシ
昭和十八年十二月二十五日　　横須賀鎮守府

となっていた。乙種飛行予科練習生は、やはり身体検査のときに、検査官が、

「身長、体重ともぎりぎりだな」

と漏らしていたし、握力、肺活量も基準に達しなかったから不採用も納得できたが、面接官の髭の中佐が慰めに言ってくれたものとばかり思い込んでいた電信兵に採用されたのは意外だった。

待ちくたびれてから届いたのと、第二志望の電信兵だったので、欣喜雀躍とはいかなかったが、結果が出たことでほっとした。

夕食のとき、母があらためて、

「おめでとう」

と言ったので、弟も一緒に頭を下げた。

だが、入校を命ぜられた〈防府海軍通信学校〉がどこにあるのか、見当もつかなかった。

得意満面の日々

翌日、登校するとすぐに職員室へ行って、担任の松浦教官に昨日届いた横須賀鎮守府からの採用通知を見せて、師範学校への入学願書の取り下げを依頼した。

ついでに通信学校の所在地を尋ねてみたが、東北出身の松浦教官は即答できなかった。

たまたまその場に、山口県出身の教官がいて、

「それはぼうふではなく、ほうふというのだ。瀬戸内海に面していて、宇部炭鉱の近くだ。最寄駅は山陽本線の三田尻」

であることを詳しく教えてくれた。

剣道担任の湯田教官は、少年兵が実現したことで喜んでいた。

私の海軍通信学校合格は、その日のうちに校内に知れ渡り、学友たちからまるで凱旋将軍のように英雄視された。

私は、海軍受験を公言していた手前の安堵もあって、得意満面で応対した。

その夜、私はさっそく買ってもらった大判の日本地図を広げて、母と弟に防府市の位置を教えた。

弟は、地図では距離感が摑めないようであったが、母は、

「遠いねえ、遠いねえ」

となんども呟いて、溜め息を吐いていた。

陸海軍の学校や教師を目指すそれぞれの進学先が決まって、卒業を待つだけになった私たちは、もはや為すことがなく弛緩してしまい、虚脱した日々を送った。

心字池周辺の桜木もまだ蕾のままであった。

卒業式は、入学式とおなじく、小学校から高等師範学校、文理科大学までの卒業生が大講堂に集合したので、会場はとても戦時下とは思えぬ豪勢さで、厳かななかにも晴れやかな雰囲気を醸し出した。

二ヵ月の休暇

野球と映画を堪能

師範学校へ進学する級友たちには、半月足らずの貴重な春休みであったが、五月二十五日の入校を指定された私には、たんまり二ヵ月もある贅沢な休暇であった。

現在になって振り返ってみると、通信学校入校と同時に俗世間と隔絶されてしまったのだから、あの二ヵ月の期間は、家族や親類縁者、友人たちと心ゆくまで過ごし、数少なくなった娯楽を充分堪能し、生まれ育った地にとっぷり漬かって悔いのないようにしておけとの温

情で与えられた期間であったのかも知れない、と推測されるのであるが、このときは、そんな永遠の訣(わか)れになるかも知れない重大な時期だなどとは露知らず、ただ海軍の学校へ入学するのだぐらいの軽い気持であった。

だから、悲愴的な想いはまったくなく、退屈凌ぎに叔父や母方の叔母たちの家を訪ねたり、好きな野球見物や映画鑑賞に現(うつつ)を抜かしていた。

祖父や叔父の影響もあって、野球や映画に厭(あ)きることはなかった。

六大学野球は、連盟が一年まえに解散してしまっていたので観戦することが出来なかったが、職業野球(プロ)のほうは球団名や用語が日本語化され、枯草色(カーキ)の試合着(ユニフォーム)に戦闘帽と脚絆(ゲートル)に統一されてはいたが、試合はまだ辛うじてつづいていた。

私は、水道橋の後楽園球場へ澤村、吉原の投捕手(バッテリー)をはじめ川上、水原らの主力選手たちが軍役に召集されて欠けたあと、須田博（本名スタルヒン）投手や呉昌征外野手らが奮闘している東京巨人軍（ジャイアンツ）と阪神猛虎軍（タイガース）の試合を観戦したり、池袋や新宿の盛り場（歓楽街）に留まらず、遠く浅草六区にまで足を伸ばして、両側に並んでいる映画館の中から戦記物の『あの旗を撃て』『加藤隼戦闘隊』『陸軍』などを観たりして堪能した。

そのときは、そこまで自覚してはいなかったが、天がこの世の名残りにそっと授けてくれた休暇を、貪欲に楽しんでいたことになる。

巡査をやりこめる

休日は、たいてい祖父や叔父たちがつれて行ってくれたが、平日は同行するかわりに祖父が小遣いをくれたので、充分に羽を伸ばせた。

映画製作は、すでに劇映画は松竹、東宝、大映の三社、文化映画は理研科学映画社、朝日映画社、電通映画の三社、報道映画(ニュース)は日本映画社一社に統合されていた。

当時、警察、地方、内務行政を管轄していた内務省の直轄で、思想犯罪者検挙と社会運動の弾圧に当たっていた特高(特別高等警察)と陸海軍部の検閲(けんえつ)(強権的検査)を容易にするために整理簡素化されたのであろうが、そのほかに、フィルムの欠乏で作品は紅・白二系統の配給制、興業は入れ替え制だったから、映画を観るにはたとえ悪天候であろうとも次の上映開始時刻まで前の道路に並んで待たなければならなかった。

池袋では、映画劇場と日勝館の二館が封切り作品の上映館であった。

あるとき、どちらの映画館でどんな作品を観ようとしていたのかは定かでないが、一人で並んで待っていた。

そこへ外勤巡査(警察官)が見回りにやってきて私を見咎(とが)めると、鬼の首でもとったようにいきり立ち、

「ちょっとこい」

と一喝して、私を列から引き出すと、近くの交番(派出所)へ連行した。

表通りの繁華街の真ん中あたりに位置するその詰め所に入るや否や、巡査は威丈高になっ

て罵声を浴びせるのだが、なんとも紋切型で内容がなかった。

「国家非常時のおりに、勤労奉仕を怠けて盛り場を徘徊するとは、なんたる非国民か」

このころは、非国民呼ばわりされるのが最大の侮辱であった。

「おまえがどこの生徒であるかは帽章で判っておるが、偽名で遁(のが)れる不心得者がおるから生徒証を出して正直に申告せい」

まだ在校生と思っているらしく、威張り散らす巡査の態度に反感を抱いた私は、わざと不貞腐れたようにして抵抗した。

「本官に反抗すると、監獄へぶち込むぞ。観念して素直に生徒証を差し出せば、今回は担任の教官に連絡するまでにしておいてやる」

そうまで言われてはと、私はあたかも観念したように見せかけて、常時携帯していた防府海軍通信学校への入校通知書を徐(おもむ)ろに内ポケットから取り出すと、巡査の鼻先に突きつけた。

ひったくるようにして取り上げた巡査は、それを眼にした途端、それまでの横柄な態度をあらためると、急に直立不動の姿勢をとって、

「その年齢(とし)でお国のために志願されたのでありますか、そうですか。いや、日本男子の鑑(かがみ)です。武運長久をお祈りいたします」

そう言うと、私に向かって最敬礼した。

私は、権威を笠に着て図に乗り、権柄づくな態度の巡査を遣り込めたことで、溜飲を下げた。

　これが病みつきになって、つぎの機会を密(ひそ)かに愉(たの)しむようになり、なるべく盛り場に足を運んでは人眼につく行動をとるように心がけていったが、その後は私のような軍学校入校待機者らしい少年たちをあちこちで見かけるようになったせいか、咎められることがなくなった。

無気味な気配

　そうしているうちに、戦時体制下の引き締めは急速に強まっていった。

　流行歌（歌謡曲）は、まえに書いた『酒は涙か溜息か』『影を慕いて』『青い背広で』『別れのブルース』『雨のブルース』といった情熱溢れる甘い旋律(ロマンメロディ)は姿を消してしまい、『ラバウル海軍航空隊』『若鷲の歌』『少年兵を送る歌』『勝利の日まで』『同期の桜』『ラバウル小唄』といった戦意昂揚を目的とした軍国調一辺倒になってしまったし、映画のほうも、劇映画は『姿三四郎』『花咲く港』『無法松の一生』あたりを最後にして、以後はまえに触れた『あの旗を撃て』『加藤隼戦闘隊』『陸軍』などの戦記物が多くなっていった。

　そして、標語も海軍受験のときに監督官の士官が口にした、

〈鬼畜米英〉

〈一億火の玉〉

「享楽追放」

　といった凄まじいものになっていった。

を理由に、劇場は全面興業禁止になって、歌舞伎座などが休館を余儀なくされ、高級料理店、待合、バーなども閉鎖、ビヤホールや喫茶店などが材料不足で営業できなくなったあとへ、東京都が雑炊（ぞうすい）だけの都民食堂を開設したり、両国国技館が風船爆弾製造工場として接収され、国技の大相撲でさえも後楽園球場での青空土俵に追い遣られるという、なにもかもが本来の豊かで美しい色彩を無理矢理抑制され、暗く素っ気ない灰色一色に統制されていって、なにか得体の知れない巨大な怪物に追い詰められているかのような無気味な気配が緊々（ひしひし）と感じられるようになっていった。

そんな戦時体制の締め付けのなかを、私は激減した娯楽を求めて、相変わらず盛り場へ出かけてはうろつき回っていた。

軍人になるといっても、戦場へ出て行くわけではなかったから、これで俗世間が見納めになるという悲愴感からではなく、ただあまりにも長い待機期間を持て余してしまって空回りしているだけのことであった。

だが、家族や親類縁者たちはそうは思わず、健気（けなげ）な少年を称（たた）えて放任してくれていたのだろう。

「万歳」の声に送られて

木炭タクシーで靖国神社へ

そうこうしているうちに、いよいよ入校日が迫ってきた。

私は、俗世間を離れるにあたり、明治神宮、靖国神社と天祖神社に参詣して、けじめをつけることにした。

戦国武将が出陣前に寺社へ詣でて必勝祈願するような大袈裟なことではなく、出征兵士が地元氏神に詣でて武運長久を祈願するのに倣って、国家、同胞の安泰と武運長久を祈願したのである。

明治神宮は省線原宿駅近くにあり、天祖神社は大塚駅近くの氏神なので、どちらも一人で行けたが、靖国神社は祖父についていってもらった。

靖国神社というのは、幕末明治維新の戊辰戦争で戦死した官軍将兵の霊を祀るために、長州藩軍事指導者の大村益次郎が建立した招魂社を改称したもので、以後も国事に殉じた人たちの霊を合祀している社である。

祖父が六歳のときに、西郷隆盛の蹶起ではじまった西南戦争で戦傷死した祖父の父（私の曽祖父）もここに合祀されているとのことで、ときおり祖父につれられて参詣していたのだが、家からはなんども都電を乗り継がねばならないので、一人では迷うおそれがあった。

このときは、省線飯田橋駅で下車してタクシーで行ったのだが、このころはすでにガソリン欠乏で、バスもタクシーも木を蒸し焼きにするときに発生する木炭ガスを燃料にしていたので、その発生装置の円筒型の大きな缶を後部に背負って走っていたのだが、馬力不足で九段坂が上がれず坂下で降ろされて、祖父と一緒に歩いて上ったことを憶えている。

盛り上がらない門出の宴

防府海軍通信学校への入校は、直接ではなくいったん東京都庁へ集合して、団体列車で引率されてゆくことになっていた。

その出立の日には、祖父と叔父夫婦のほかに、母方の叔母夫婦たちも家にきてくれて、叔父、叔母全員が揃った。叔母たちは、母を囲んで、私を手放すことにした真実を知りたがっていたが、母は黙して語らなかった。

いつか、私の傍にやってきた弟が、

「いつ帰ってくるの」

と囁いた。

弟は、経緯をすべて知っていた。

私は、返事が出来ず、そっと頭を撫でてやった。

この幼い弟に、いつ帰れるか判らぬ私に替わって祖父や母を託すのは重荷で可哀相だったが、一軒に一人は召集されてゆく非常事態のなかにあって、わが家は父を早くに亡くしているし、祖父は兵役制限年齢を遙かに超えている家族構成であってみれば、少年といえども私が志願するより仕方がなく、この戦争がいつまでつづくか判らぬが、終戦になるまで除隊は希（のぞ）めないだろうから、そうなれば、不愍（ふびん）であっても家族の庇護は弟に分担してもらうよりほかになかった。

このころはもう、米は一日二合三勺、調味料は切符による配給制で、副食物などは極端に乏しくなった食糧事情であったが、母方の叔父が私の門出を祝ってどこからか小さな鯛を一尾調達してきて、食卓を飾ってくれた。

私は、いつもと違う豪華な膳に眼を瞠り、箸を躍らせて、これがわが家での最後の食事と思う感傷に浸ることもなく、黙々と食べた。

祝いの膳といっても、家族や親戚の者たちにとっては内心決して喜ばしいことではないので、母と弟は私をどう激励して送り出してよいか判らず途惑い、祖父や叔父たちは言葉少なに少量の酒を大事そうに飲んでいて、なんとも盛り上がらない門出の宴であった。

別れの儀式

私たちの別離の会食が終わるのを見計らったように、戸外が騒がしくなってきた。隣組長が顔を出して、近所の人たちが私を見送りに集まってきてくれていることを知らせてくれた。

私たち全員が仕度をして挨拶に出ると、隣組長が私を暗い裸電球の街灯の前にある小さい石の上に立つように促した。

それは、これまで出征兵士を送ったときの儀式（セレモニー）とおなじだった。

私は、海軍通信学校へ入校するのであって、戦地へ征くわけではないのにと狼狽（うろた）えた。

隣組長の挨拶は、国家の非常時に際し、率先して海軍少年兵を志願した私を、最大級の讃辞をもって称（たた）えた。私は、隣組長の大袈裟な物言いに赤面した。

隣組長の熱烈な送別の辞に圧倒されて、慌てふためいた私は、謝辞に詰まり、ただ、

「有難うございました。行ってきます」

とだけ言って、最敬礼した。

都電に乗り込んだ。

「万歳、万歳」

の声に送られて都電の大塚窪町停留所まで行き、家族や叔父、叔母との訣れもそこそこに
鯛を持ってきてくれた叔父が、東京都庁まで同行してくれた。

都電が走り出すとき、見送ってくれた人たちのあいだから、またも、

「万歳、万歳」

の声が起こった。

私は、その集団の前列にいる母と弟に、見えなくなるまで視線を向けつづけていた。

都庁前で都電を降りるとき、中年の車掌が、

「ご苦労様です」

と言って、挙手の礼で見送ってくれた。

私は、都電の去ったあとの暗い停留所に立ったまま、叔父に礼を述べ、併せて家族のこと
をよろしく頼んだ。

叔父は、

「わしらにもいつ召集がくるか判らんが、それまでは留守宅を見守っているから心配する

な」

と言ってくれたのが有難かった。

「元気でな。しっかり頑張れよ」

そう叔父に激励されて踵を返すと、私は都庁の正門に向かった。

門前で申告して庁内へ入るとき、見送りの人たちのいるほうを振り返ってみたが、暗くて叔父の姿を認めることは出来なかった。

指定された中庭に向かって歩いて行く私の背後で、大きな鉄格子の門扉が音を立てて閉まった。

第二部　海軍練習生

娑婆との訣別

一昼夜の列車行

都庁に集合した私たちは、夜更けを待って品川駅に移動し、薄暗いホームにひっそり停車している客車に乗り込んだ。

しかし、すぐには発車せず、別の車両が連結される音と震動がなんども繰り返されたあとも長い時間待たされた。

行き先は山口県に在る防府海軍通信学校と判っているので不安はなかったが、引率者からなんらかの指示説明があるまでは眠ることができず、我慢が限界まできて苛立つころになって、ようやくベルも汽笛も鳴らぬまま静かに動きはじめた。

まもなく、都庁で紹介された横須賀鎮守府の引率下士官が私たちの車両に入ってくると、

「用便以外は席を立たず、静粛にしている」

「現在窓に下ろしてある日除けは、夜が明けてもそのままにしておく」

ことを厳守させると、睡眠を許可して出ていった。

木製日除けは、外部から車中を見られぬための目隠しなのだという。

戦闘部隊が作戦命令で前線へ移動するのならともかく、これから一人前の軍人を目指して術科学校の練習生になろうとしている非戦闘集団なのだから、そこまで気遣うことはないだろうが、とにかく敵の諜報（スパイ）活動に極端に神経質になっていたこの頃は、なにごとにも疑心暗鬼になってしまっていたのだった。

私は、東京の町はすでに闇に包まれていることは承知していたが、それでもじっと眼を凝らして瞼の裏に焼き付けておこうと思っていたのだが、この引率下士官のひと言で果たせなくなった。

しばし微睡（まどろ）んでいるうちに夜が明けたらしく、木製日除けの隙間から光が漏れてきた。昼日中だというのに目隠しされた車両（はこ）に閉じ込められて、車窓に映る景色をたのしめず、列車がどのあたりを走っているのか皆目見当もつかぬとあっては退屈このうえなかった。

こんなときは、本でも読んで過ごすより仕方がなかったが、遮断された外光がわりの室内灯は薄暗く、携行しているのは『漢和辞典』と『日本史年表』だけだったのでことさら読む気にもなれず、やむなくじっと眼を瞑って線路（レール）の継ぎ目にあたる車輪の音を数えて過ごした。

食事は、どこかの駅に臨時停車しては積み込むのだが、毎回竹の皮に包んだ小梅入りの握り飯ばかりだったのでうんざりした。

軍用列車といっても優先走行ではなく、通常運行（ダイヤ）の合い間を縫って走るのであるから、駅でもないのに長いあいだ停車したり、速度も速めたり緩めたりの調整を繰り返していたので遅々として進まなかったが、それでも翌々日の朝にはどうやら通信学校の在る山口県防府市の三田尻駅に到着した。

目隠しされて昼夜の別の定かでないのに、一昼夜も乗車していたことが判ったのは、弁当の支給回数でそう判断できたのである。

まるで犯罪者でも護送するように、便所へ行く以外は車内の移動を禁じられて、固い木製の座席に縛りつけられた状態のまま腰掛けつづけていたので、

「到着した。指示に従って下車する」

よう命ぜられたときには、

（やれやれ、やっと着いたな）

窮屈だった長旅から解放されることでほっとして、座席の周囲の者たちと微笑を交わした。

軍国少年の花道

列車から降りてホームに立つと、薫風が頰を撫でて労わってくれた。その冷んやりした心地よさを逃すまいとして思わず胸一杯に吸い込んだ。

一車両単位に下車して、駅前の仮設テントで点呼を受けると、四列縦隊で出発した。

むかし、山口県は周防と長門の二国に分かれていて、その周防国の国府がここにあったことから防府と名付けられたという瀬戸内の由緒ある地だけあって、かなり大きな市街であった。

三田尻駅前から随分歩いて漸くその町中を抜け出ると、こんどは広大な田野が果てしなく

つづいていて、目差す通信学校はまだずっとさきであるらしかった。

　田野のなかを一直線に延びているこの道は、俗世間を離れて軍隊という聖域に入ってゆく花道であると同時に、練習生教程を卒(お)えて通信学校の校門を出るときは、配属の実施部隊へ向かう巣立ちの花道にもなるはずで、いずれにしても私たち軍国少年にとっての栄光の道であった。

　だが、その記念すべき花道を進んでいるというのに、おりからの眩しい陽光に照りつけられたその乾いた道を歩きつづけているうちに、口中が渇いて喉が貼りつき、靴音が乱れていつか私も重くなった足を引き摺るようになっていった。

　一時間あまりも歩きつづけたであろうか、全身汗塗れになって疲れ、うんざりしたころになって、やっと遥か彼方に何棟もの屋舎が望見されるようになってきた。

　すると、それまでだらだら歩きを黙視してきた引率下士官が、号令を掛けて引き締めると、ここからは足並みを揃えて行進するように命じた。

　校門前に到着したところでいったん停止させられて隊列を整えると、「歩調とれ」の号令で大手を振って元気よく校内へ入った。

　私は、校門の衛兵所で引率下士官の敬礼に対して不動の姿勢をとって答礼している完全武装の衛兵を見たとき、むかし小学校の鎌倉遠足で見た大きな寺の山門に立つ仁王尊像を思い出して、いよいよここから俗世間と厳重に隔絶された軍隊という聖域に入ることを自覚して緊張した。

身体検査の恐怖

広い練兵場で出身県別に分類され、飛行機の格納庫のような殺風景な建物に誘導されると、そこで身体検査と体力測定を受けた。

受験から半年余りも経過しているので、再検査するのだという。

私は身長と体重が限度ぎりぎりだったが、担当の軍医官が、

「発育盛りだから、増えてゆくだろう」

そう呟いて、大目に見てくれた。

握力と背筋力は、鉄棒にぶら下がったり、手拭いを絞るようにして竹刀の柄を握る訓練をつづけてきた成果で、どうやら及第できた。

視力はもともと自身があったし、適性検査はなかったのでたすかった。

検査の結果、異常なしと認められて、楕円形の枠のなかに合格と書いてあるゴム印を手の甲に押された。これが略式の入校許可証であった。

そんななかで、ときおり泣き声が聞こえてきた。

再検査の結果不合格になった者が、検査官に哀願しているのだった。

徴兵や応召によって強制的に課せられた兵役を、なんとかして忌避したい者にとってはもっけの幸いと密(ひそ)かに小躍(こおど)りしたいところであろうし、このごろ巷間で、

お国のためとは　言いながら
人の嫌がる　軍隊に
志願で出てくる　馬鹿もいる
可愛いスウチャンと　泣き別れ

と唄(うた)われてもいるところからも推(お)して、一般的には兵役を拒否したいのであろうが、軍国少年に育て上げられ、みずから希(のぞ)んで願い出た者にとっては、いったん海軍通信学校の校門を入りながら不合格にされることは、このうえない恥辱であった。

私は、もし自分がここまできて不合格にされたらと思うと、背筋が寒くなった。

隣組の人たちに讃美激励され、出征兵士並みに大々的な歓送の扱いを受けて出立(いでた)ってきたからには、おめおめ帰れるはずはなかった。

それは、ここにいる誰しもがおなじ心情であろうから、不合格といわれたまさかの衝撃(ショック)で眼のまえが真っ暗になり、形振(なりふ)り構わず検査官にしがみついて入校を懇願している彼らに、私は深く同情した。

「合格者は練兵場に出て小休止せよ」

そう急き立てられて戸外に出ると、手の甲に合格印を押された者たちが列をつくって腰を下ろしていたので、私はその最後尾について屈(かが)んだ。

やがて、昼飯が配られた。

炊き込み飯を握ったものだったが、片掌にあまるほど大きかった。一食に一合足らずの穀物と、わずかの副食に慣らされている胃袋には、半分も入らなかった。

私が持て余していると、とつぜん、

「いらないのなら俺にくれ」

隣りの男がそう言いながら手を出した。

「ああ、やるよ」

私は、惜しくもなかったので残っている握り飯を差し出すと、男は嬉しそうに受け取って、素早く食べた。

食べ終わると、男は礼のつもりらしく、

「東京か」

と愛想よく訊ねてきた。

そして、私の返事を待つでもなく、

「俺は福島だ」

そうつけ加えた。

私があらためて顔を向けると、男は赤銅色の顔に微笑を浮かべていた。

握り飯を一個半もペロリと食べるだけあった、頑健な体軀をしていた。

私は圧倒されると同時に、練習生教程の体育訓練が不安になってきた。

第三十五分隊第一班

午後は、また出身県別に練兵場へ集合させられて、各自に配属分隊が伝達された。私に渡された紙片には〈三五—一〉と書いてあった。上の数字は分隊で、下の数字が班だと説明された。

三十一から五十の番号旗を持った軍服姿の水兵が、等間隔を保って横一線に並ぶと、それまで私たちの県別集合が配属分隊別集合に変えられた。

私は、それぞれの分隊旗に向かって右往左往する人たちを掻き分けて三十五分隊旗の位置へ急いだ。

おなじ旗の下に集まったのはかなりの人数であった。

点呼を取られて全員の集合が確認されると、分隊旗を持った水兵に引率されて居住区へ向かい、何棟か並んでいるうちの一棟に入った。

そこは、真ん中を土の通路が貫通していて、向かい合った広い床（デッキ）にそれぞれ細長い卓が六個並んでいた。

通路の左側が私たち三十五分隊、右側が三十四分隊の居住空間であった。

一班二卓ずつ三班に分かれて卓の前に塊（かた）まり、氏名を呼ばれて順次卓に就いた。そこが今日からの自席であった。

私は、全員が席に就いて待たされているあいだにそれとなく周囲を見回してみたが、知人などいるはずはなく、校内で唯一言葉を交わしたあの食欲旺盛な福島出身の男も他分隊になったらしく見当たらなかった。

やがて、引率してきた水兵が士官二人と下士官六人に従って現われると、自分は分隊世話係の助手谷合上水（上等水兵）であると自己紹介したあとで、そこにいる直属上官の一人一人を紹介した。

分隊長は宮崎中尉、分隊士は馬場兵曹長、私たち第一班の班長は村上上曹（上等兵曹）、副班長は田川一曹（一等兵曹）であった。

服に体を合わせろ

そのあと、谷合助手に引率されて被服庫へ行き、貸与される衣服類を受け取った。

入口に待っていた主計下士官が、貸与品の受領方法について説明したあと、

「体に衣服を合わせるのではなく、衣服に体を合わせろ」

娑婆ではふざけた話になるが、この世界ではまかり通るらしく、下士官は真顔で言った。

私たちが、意味不明の発言に途惑い、呆（ぼ）んやりしていると、

「判ったら返事をしろ」

そう怒鳴られてわれに返り、慌てて五十人が一斉に、

「はい」

と返事をしたのだが、背後から谷合助手に、

「声が小さい」

と発破を掛けられたので、もういちど一段と声を張り上げてその場は収まった。

一種（冬服）、二種（夏服）、三種（開襟略服）軍装と外套、軍帽、略帽、事業服（白色作業服）、襦袢（じゅばん）（下着）、袴下（こした）（ズボン下）、短靴、靴下、日用品など一式を受け取って居住区に戻り、それらのひとつひとつに自分の兵籍番号と氏名を墨書してきちんと畳み、衣嚢（いのう）に収納した。

〈嚢〉とは、袋、物入れ。と『広辞苑』にあるように、底面縦横三〇センチほどで、深さが一メートル以上ある防水加工した大きなカンバス（帆布）の袋で、口は鳩目孔にロープ（細綱）が通してあって、それを引くと折り畳まって塞がるようになっていた。

つまり、衣嚢は携帯用箪笥で、転勤のときはそれを肩に担いで行くのである。

衣嚢を収納する棚は居住区の両脇にあった。

一個ずつ寝かせて入れるように仕切られていて、縦横に整然と並んでいるその穴が蜂の巣のようであるところから、そう称（よ）ばれていた。その棚に衣嚢を押し込むと、底の部分がこちらを向いて、そこにまた兵籍番号と氏名が墨書してあるから、誰のものか一目瞭然だった。

整理を終えたところで、東京からはるばる防府まで身に付けてきた私物の衣類を脱いで貸与品に着替えた。

越中褌（ふんどし）、襦袢、靴下、事業服、略帽、短靴などすべて官品に変わると、自分の心身までもが個人の所有物ではなくなったような錯覚に囚（とら）われる。

白木綿の事業服に衣更えした私たちは、練習生らしく変貌したが、私にはやはり上着の袖もズボンの裾も長く、短靴は踵に手の指がゆっくり入るほど大きかった。

やはり、被服庫で主計下士官に言われたとおり、体育錬成につとめて一日も早く衣服に合う体に鍛え上げなければならなかった。

食卓番の仕事

私物類をまとめると、荷造用の油紙と紐が支給されたが、食事の時刻が迫っていたので梱包は食後ということになった。

食卓番は四人一組で一日交替に決まる。

烹炊所へ出向いて、二名が薬缶と食器籠、あとの二名が飯と汁の食缶を受け持つ。

薬缶係は、濃い焙じ茶を汲む。

食器籠係は、食器を籠ごと熱湯槽に潜らせて消毒して持ち帰る。

食缶係は、配食されて棚に並べてある麦飯の入った大食缶と、汁と惣菜の入った小食缶を持ち帰り、すでにカンバス製布食卓カバーを敷いた上に並べられている食器に、麦飯と汁と惣菜を盛り付ける。

という、現在の小学校給食方法と似ている手順を谷合助手が縷々説明したあとで、身長順に並んだ上席から四名を指名して烹炊所へ引率していった。

小柄な私は末席のほうだったので、食卓番が回ってくるのは五日目あたりのはずであった。

食事がくるまでのあいだ、長椅子に坐って背筋を伸ばし、両掌を膝の上に置いて向かいの者と睨めっこして待つのだが、私は相手の顔を見ているうちに笑いが込み上げてきて、我慢するのに苦労した。

こんなときは、口を開ければそれで治まるのだが、固く噤（つぐ）んでいるので肩の震えが止まらず、抑えるのに困った。

ようやく食卓番が帰ってきたので、私たちは配膳がすむまで席を立ち、後方に整列して待機した。

あらかじめ谷合助手から言われていたらしく、まず班長には飯も汁も大目にしたが、初めてのことなので二十五名の配分がうまくゆかず、盛り過ぎて足りなくなって削ったり、加減し過ぎて余ってしまったりで、配膳が終わるのにすっかり手間取ってしまった。

やっと食事の用意が整って席に着くことができた。

村上班長は、自分だけ多く盛られているのが照れ臭いのか、

「わしはこんなに食えんから、おなじでいい」

そう注意した。

谷合助手は、結果が判っていながら村上班長に尊敬の念を抱かせるための儀式（セレモニー）としてわざわざそうさせたのかも知れなかった。

班長が、その特別扱いを断わったのは、多分練習生が班長を上段に奉ったのを、余計な気遣いをするなと段を下りて仲間入りすることによって、練習生たちに親近感を抱かせる演出

だったのであろうが、まだそんな深読みのできない私は、特別扱いを嫌う村上班長の態度に好感を持った。

たしかに、先刻宮崎分隊長は挨拶のなかで、

「分隊長は父、分隊士は母、班長は兄と思うように」

家族意識を強調していた。

食事は、村上班長が上座から眺めているので緊張した。

飯と汁または惣菜を入れる食器は鉄製琺瑯(ほうろう)引きで、内側が白色、外側が空色なのだが、大分剝げていてそこが錆(さ)びていたし、アルミ製の湯呑みは乱暴に扱うのででこぼこしていてまともなものはなかった。

私は、そんな食器類を眺めながら、『軍隊小唄』のなかで、

いやじゃありませんか　軍隊は
カネのお碗に　竹の箸
仏さまでも　あるまいに
一ぜん飯とは　情けなや

と唄われているとおりだと思いながら、しかし、一膳飯は情けないどころか半分近くも残してしまった。

そっと周囲を見回すと、やはり食べ残した者が四、五人いた。

村上班長が、それを遠くから見つけて、

「娑婆の食糧事情に慣らされた腹には収まり切らんか。今日のところは眼を瞑ってやるが、無駄は赦さん。米一粒は血の一滴と心得よ」

「はい。判りました」

食べ残した者が一斉に直立して、班長に敬礼した。

「量を減らすのは構わんが、教練で扱かれると腹が減って三度の飯では足らんようになるから覚悟しておけ」

村上班長はそう嚇すように言うと、無気味な薄笑いをうかべた。

私は、本格的な軍事教練の猛烈さ加減が思い遣られて背筋が寒くなった。

食事が終わると、食卓番は空いた大食缶にあらかじめ洗い水を張っておいたのを卓へ上げて、素早く食器、皿、箸、飯篦、スッポン（汁を汲むスプーン）などを洗い、マッチ（布巾）で拭いて片付けると、烹炊所へ収納に駆けた。

食卓番は、腕力と機敏な動作が要求される重労働であった。

私は、食卓番の作業を眼の前で見て、果たして自分に出来るだろうかと不安になった。

釣り床づくり

食後は、やりかけだった私物類を油紙で包み、自宅の住所と受取人である母の氏名を書き、紐で縛って梱包したものを所定の場所へ持参したが、娑婆の臭いの染みついた学生服と訣別するとき、万感迫ってホームシックになった。

軍隊生活をはじめるにあたり、まず衣と食を体験したので、あとは塒づくりであった。娑婆の臭気を梱包で封じ込めた私物が、どこかへ搬出されて行ったあと、谷合助手から夜鍋で釣り床（ハンモック）つくりを教えられた。

釣り床は、衣嚢収納棚上部空間のネッチングと称する格納所に林立状態で並べられている。そこへ、当番が両隅に備え付けてあるラッタル（垂直昇降梯子段）を駆け上がり、一個ずつ下ろすのである。

釣り床は、畳一枚ほどのカンバスの両端に鳩目孔をあけてロープを通し、両先端の金属の丸環に纒めてある。片方の丸環には、別に釣り床を括るための大きなロープが取り付けてある。

ラッタル上の当番から下ろされた釣り床を受け取ると、素早く肩に担いで自席に戻り、食卓に上がってビーム（梁）に取り付けられたフック（鉤）に釣り床前部の丸環を引っ掛け、五ヵ所括ってある太いロープを解き、後部丸環にそのロープを繋いでフックに縛りつけて出来上がる。

順を追って説明すればただそれだけのことなのだが、これが難しい。私だけが無器用なのではなく、上手く出来ない者が多かった。

まがりなりにも吊り終わって、ようやく寝床が完成したころには、全身汗塗れになっていた。

そのあと、村上班長から明日の入校式についての細かい注意事項の伝達があって、その日の作業はすべて終了した。

私は、きちんと畳んだ事業服を頭の下に敷いて釣り床に入ったのだが、まもなくフックに縛った足許のロープの結び目がずるずる解けて、すとんと甲板（床のことだが、艦船に見立ててそういっていた）に落下してしまった。

私だけではなく、分隊内のあちこちで落下音がしたので、ききつけた谷合助手が班長室から飛び出してきた。

いちばん近いところでもたもたしている私のところへくると、睨み付けておいて無言でロープを縛り直してくれた。

私が礼を述べようとすると、もう谷合助手は他の落下者のほうへ行ってしまっていた。

あらためて釣り床に入ったが、谷合助手が縛り直してくれたロープはしっかり括られていてびくともせず。さすが年季を入れた人は違うと感心させられた。

東京からの車中は、なすこともなく固い木製椅子に坐らされたままの退屈な時間であったが、今日は一変して朝から目まぐるしく追いまくられ、軍人生活のいろはを詰め込まれた慌ただしい一日であった。

私は、手足を伸ばした釣り床のなかではじめて消灯喇叭（らっぱ）を聴いたが、小学校の修学旅行で京都、奈良へ行ったほかは家族と離れたことがなかったので、その物悲しい音色に誘われて私とおなじ柔弱の者もいるらしく、豪快な鼾の合間に啜り泣く声が幽(かす)かに聴こえてきた。感傷的(センチメンタル)になった。

入校式

総員起こし

海軍練習生になった最初の夜は、慣れぬ寝床(ハンモック)と家族を想い輾転反側(てんてんはんそく)して過ごした心算(つもり)であったが、実は多少微睡(まどろ)んだらしく、翌朝〇四四五(まるよんよんごお)(午前四時四十五分)、静寂のなかで通路天井に備え付けられた拡声器(スピーカー)の電源が入る幽(かす)かな音で眼が覚めた。

すかさず、

「総員起こし十五分前、釣り床係起床」

の低声(こごえ)の放送があって、昨夜就寝前に割り当てられた当番がそっと起きて、自分の釣り床を静かに括る気配がした。

「総員起こし五分前」

の放送と同時に、釣り床係はネッチングに上がって配置につき、私たちは釣り床のなかで起床体勢を整えて待ち構えた。

〇五〇〇(まるごおまるまる)、起床喇叭のけたたましい音と、谷合助手の威勢のいい、

「総員起こし、釣り床納め」

の叫び声を聴いて、私たちは一斉に跳び起きた。

私は、昨夜びっしょり汗をかくほど懸命になって練習を重ねたのに、釣り床の括りがうまくできず、焦った。

「遅い、遅い。急げ、急げ」

谷合助手の叱咤に、焦れば焦るほど手許がうまく運ばず、誰も彼もがもたついていたので、無器用な私だけが特に目立つことはなかった。

どうやら括り終えてネッチングに運んでも、括りが弱いと立て掛けたときに膨らんだり、お辞儀をしてしまったりして収納出来ず、不良品であることがばれてしまう。

それでも、収納係はおなじ練習生仲間だから厚意的に懸命に林立させようとしてくれるのだが、腰折ればかりは取り繕いようがなかった。

そうした混乱の全貌をじっと見詰めている村上班長の眼には、一部始終が噴飯物に映るのだろうか、笑いを嚙み殺しているようであった。

釣り床の収納に手間取ったので、朝食時間を切り詰めて辻褄を合わせねばならず、初日早々からてんやわんやの騒ぎになってしまった。

朝食をすませると、ただちに入校式の準備にとりかかり、衣囊から軍服を出して着替えた。

この日の瀬戸内は快晴で陽射しが眩しく、汗ばむほどの陽気だった。

薄手の生地の第二種軍装（白の夏服）が適当と思われたが、夏服は六月から九月までの着用と定められているので、厚手の生地の第一種軍装（濃紺の冬服）着用より仕方がなかった。

略装の白い事業服を脱いで正規の軍装に着更（きか）えた姿は、誰も彼もが帝国海軍軍人らしく見えたので、私もそうなのかと思うと緊張で身も心も引き締まり、同胞の楯となって戦闘に参加する心意気が沸々と湧き起ってきた。

やがて、張り切り先輩（ボーイ）谷合助手の指示で、私たち練習生は居住区の屋舎前に整列した。点呼を取られたあと、谷合助手の先導で歩調をとって練兵場へ行進していった。

その途次に、谷合助手が近付いてきて、

「入校式は長いから、不動の姿勢をとった膝を弛めて、そっと曲げておけ」

そう低声（こごえ）で教えてくれた。

『軍人勅諭』奉読の苦行

練兵場へ入って行くと、乾き切った地面から土埃が舞い上がり、所定位置に整列して待つあいだに輻射熱で靴底が暖かくなってきた。

半時間も待ったろうか、練習生代表の、

「第七十二期普通科電信術練習生、二十個分隊三千名、全員集合いたしました」

の報告があって式典がはじまった。

はじめに、本校校長の黒瀬浩少将が紹介され、控え所の仮設テントを出た黒瀬校長が壇上に立って短い激励の訓示を垂れたあと、教頭の安川正治大佐が紹介されて、『軍人勅諭』を奉読する旨が告げられた。

安川教頭は、壇上に立つと、分厚い冊子を押し戴いて厳かに開き、

「我が国の軍隊は、世々天皇の統率し給うところにぞある」

とゆっくり読み上げはじめた。

はじめて拝聴する『勅諭』であり、文体が古語なので判り難かった。

教頭は、噛み締めるようにして丁寧に奉読するのだが、抑揚をつけているので、まるで経を読んでいるように聞こえた。

二千五百有余年のあいだに、世の移り変わりに従って兵制もまた沿革したことを縷々述べた長い前文のあとに、本文の五箇条、

一、軍人は、忠節を尽くすを本分とすべし。

一、軍人は、礼儀を正しくすべし。

一、軍人は、武勇を尚(たっと)ぶべし。

一、軍人は、信義を重んずべし。

一、軍人は、質素を旨とすべし。

がつづき、各条ごとにそれぞれ訓戒を述べられている。

この五箇条の心構えについてはよく判った。

しかし、教頭の奉読は長かった。

私たち七十二期練習生たちは、不動の姿勢をとったまま、じりじりと照りつける強い陽射しを浴びて、厚手の冬服にしっかり包み込まれている肌は全身汗みずくになっていた。

ときおり、後方で立木でも倒れるようなドスンという鈍い音がした。

練兵場には樹木など一本も立ってはいないから、人が倒れた音に違いなかった。

暑熱で脳貧血でも起こして、眼が眩んだのであろう。

私も直射日光に晒されて頭痛が起こり、苦しかった。

(もう終わる。もう終わる)

そう自己暗示をかけつづけて堪えた。

「膝の力を抜いて、すこし曲げていろ」

そっと教えてくれた谷合助手のおかげで、長時間直立不動の姿勢をとっていることにどうにか堪えてこられた。

しかし、それも限界にきつつあった。

そんな私たちの苦痛をよそに、安川教頭の『軍人勅諭』奉読はなおもつづいた。

もう一時間も経っただろうか。

いい加減うんざりしたころになって、ようやく、

「右の五箇条は、軍人たらん者暫(しば)しも忽(ゆるが)せにするべからず」

と結びに近づいた気配になり、やがて、これが軍人の精神である旨を説かれて、ようやく奉読は終わった。

このときは、『軍人勅諭』についての知識などまったくなく、その内容も初耳であったが、暑熱と咽(のど)の乾きに堪えて安川教頭のゆっくり教え込むような奉読を拝聴しているうちに、漠

然としていた軍人像が呆んやりながらも次第に浮かび上がり、その軍人たる者の精神を、少年の純心な魂の中に叩き込まれたような気がした。

のちになって調べたところによると、この『軍人勅諭』は、明治十五年（一八八二）一月四日に明治天皇が軍人に下した訓戒で、正式には『陸海軍人に賜りたる勅諭』という。

さきに述べた、

「我が国の軍隊は、世々天皇の統率し給うところにぞある」

ではじまる前文と、五箇条の訓戒を垂れた本文、そして、これも前述したが、

「右の五箇条は、軍人たらん者暫しも忽せにするべからず」

の後文からなる三部構成で、印刷物の字数を拾ってみると、その全文は44字×73行の長文で、四百字詰原稿用紙に転記すれば八枚ぐらいになるだろう。文体が古風なうえに濁点がふられていないので、とても読み辛い。

陸軍では、これを丸暗記させられたそうだから気が遠くなる。

海軍は、本文の五箇条だけの暗記でよかったので助かった。

これを、私たちは、

「忠、礼、武、信、質」

と憶えておいた。

生徒隊長の風格

余談が長くなったが、安川教頭の『軍人勅諭』奉読が終わったあと、

「小休止」

の号令がかかった。

私たちはほっとして、その場に立ったままで顔面と頸周りの汗を拭いた。

軍帽をかぶっている頭部が、籠もった熱と吹き出た汗で蒸れ切っていて、手拭いがびしょ濡れになった。

「頭寒足熱」

が健康によいといわれるが、確かに頭が熱いと茫として散漫になってしまう。

たとえ暫時であっても、ここで小休止が与えられたことは、ほっと息を吐けて有難かった。

「小休止直れ」

のあと、私たち第七十二期の練習生隊長間宮少佐の、「海軍軍人の心得」についての訓辞があった。

私は、壇上に立った間宮少佐の堂々たる風貌に魅了させられた。

大柄でがっしりした体軀に赤銅色の大きな顔、潮風で黒く変色した抱き茗荷の帽章がついた形の崩れた軍帽をかぶった容姿は、甲冑に身を固めて幾多の戦場を駆け巡ってきた古武士を髣髴させた。

兵学校や学徒出身の士官要員ではなく、一兵卒から叩き上げてきた特別任用の間宮少佐の顔貌には、実戦で鍛え上げてきた歴史が刻み込まれていて、その威風堂々辺りを払う風貌は

頼もしく、尊敬に価した。

私は、このとき、間宮少佐が自分たち第七十二期の練習生隊長であることを誇りに思った。

釣り床下ろせ

ようやく青天井での入校式が終わり、校内神社へ参拝して居住区に戻ってきたときには、みな脱水症状になっていて喋るのも億劫だったが、勝手に洗い場へ水を飲みに行くわけにもゆかず、こんな汗塗れで身心ともにぐったり疲れた日の食卓番は気の毒であったが、事業服に着替えたら直ちに烹炊所へ飯上げに行ってもらいたかった。

昼食後は、面石（化粧石鹸）や砥石（といし）のような洗石（洗濯用石鹸）をはじめ雑用品、文房具、筆記具などの配布とともに一枚の葉書きが渡され、谷合助手から、

「無事入隊したことを簡単に知らせろ」

との達しがあった。

葉書きには、〈軍事郵便〉の朱印があった。

私は、その葉書きに、

「今日無事入校式を終えた。私物は纏めて送り返した」

ことだけを書いた。

夕食後、谷合助手から一週間の課業割り当てが発表された。

一ヵ月は新兵教育とのことで、速成軍事教練がぎっしり詰め込まれていた。

私は、写し取った課業割り当てを見ながら、体力だけが頼りの猛訓練に堪えられるかどうか、心細くなってきた。

入校二日目の就寝時間がきて、谷合助手の

「総員釣り床下ろせ」

の号令一下、当番が素早くラッタルを駆け上がり、ネッチングから釣り床を下ろした。

私は、自分の床を受け取ると、所定の場所に戻って吊る作業に取りかかった。

前部の丸環は食卓の長椅子に乗ってビームのフックに引っ掛けることが出来るのだが、後部は乗る台がないから、柳の枝に跳び付く蛙のように、丸環を手にしてなんどもフック目がけて跳躍しなければならなかった。

これが難儀であったが、朝の収納に較べれば、なんとかフックに引っ掛かりさえすればあとは五ヵ所括ってある太いロープを解き、それを後部丸環に繋いでフックに縛りつけるだけであるから、腕力も要領も必要としなかった。

消灯喇叭に啜り泣く声

釣り床に潜り込むと、程なく消灯喇叭とともに居住区の明かりが消えた。

私は、明朝の釣り床格納のことが気になって眠れず、

（枕と毛布をケンパスのなかに巻き込んで丸め、五ヵ所を縛る）

ことを繰り返し思いうかべていた。

そのうちに、遠くで、

「巡検ッ」

の声が聴こえてきて、やがて屋舎の入口で、

「第三十四分隊、異状なし」

「第三十五分隊、異状なし」

その両分隊当直班長の申告を受けて、見回りの週番士官と随行の下士官、衛兵が両分隊を分ける通路の土を踏んで行くのだが、静寂の中なのでその靴音がはっきり聞こえた。

屋根つづきの隣接分隊当直班長の申告する声が聞こえると、それまで狸寝入りしていた者たちがそっと寝返りを打ったり、両腕を屈伸させたりして、静止していた空気が揺れた。

(みんな眠れないのだ)

そう安堵して、私も手足を思い切り伸ばした。

それでも、拡声器から低音(バス)で、

「巡検終わり、煙草盆出せ」

の放送が流れるころには、広い居住区のあちこちから寝息や鼾が聞こえてくるようになった。

私は、釣り床格納が気になって眼が冴えてしまっていた。

仕方なく、非常灯だけの暗い天井を見詰めていると、そこに母や弟、祖父、叔父叔母たちの顔がうかび、さらに幼い従弟妹(いとこ)たちの顔までが次々にうかんでは消えていった。

私とおなじに、故郷や家族に想いを馳せている者がいるらしく、幽かに啜り泣く声が聞こえてきた。

途端に、私も悲しくなった。

（しっかりしろ。一人前の海軍軍人になって、家族や叔父叔母、従弟妹たちを敵から護ってやらねばならないのだ）

そう奮起して淋しさに堪えているうちに、入校式の疲れがどっと出ていつか微睡（まどろ）み、やがて深い眠りに落ちていった。

海軍記念日

釣り床との格闘

「総員起こし十五分前、釣り床係起床」

憂鬱な朝がきて、低声の放送が拡声器から流れた。

格納係が起きて、静かに釣り床を括っているようだ。

（うまく丸めて括れただろうか）

私は、自分が釣り床当番になったときのことを考えて、手早くできるか心配になった。

「総員起こし五分前」

の放送で当番たちは、括り終えた釣り床を担いでラッタルを上り、ネッチングで配置についたようだ。

　途端に、けたたましい起床喇叭が鳴り渡り、

「総員起こし、釣り床納め」

の号令一下、全員一斉に跳び起きると、釣り床との格闘がはじまった。

手早く枕と毛布をケンバスに巻き込んで丸めると、それをロープで五ヵ所括る。

　谷合助手が、

「『軍人勅諭』の一箇条ずつを声に出さずに唱えながら、綱引きのときの要領で、全体重をかけて引っ張るんだ」

　そう指導してくれたとおり、丸めた釣り床にロープをかけて、

「一つ、軍人は、忠節を尽くすを本分とすべし」

「一つ、軍人は礼儀を正しくすべし」

「一つ、軍人は武勇を尚ぶべし」

「一つ、軍人は信義を重んずべし」

「一つ、軍人は質素を旨とすべし」

　と頭の中で唱えながら、口を真一文字に結び、渾身の力を振りしぼって五ヵ所を括り終えた。

　巧(うま)くいったのでほっとしてネッチングの下まで運び、当番が引き上げて格納するのを見上げていると、なんと私の釣り床は当番が立て掛けた途端に哀れにもお辞儀をしてしまった。

（しまった）

と思ったが、すでに後の祭りだった。

今日は海軍記念日なので、課業割りはなく、午前中自由時間で、午後軍歌演習と海軍体操という休日並みであった。

谷合助手から、あらためて「海軍記念日」についての説明があった。

日露戦争で、奉天大会戦に勝利した三月十日を陸軍記念日としたのに対して、日本海海戦に勝利した五月二十七日が海軍記念日になったということであった。

午前中の自由時間に、釣り床を満足に括れなかった私たち十数人ほどが居住区の隅に集合させられて、立てても崩れなくなるまで繰り返し訓練させられた。

失敗者は、私をはじめ小柄な連中が多かった。

釣り床両端の金属の丸環を、それぞれフックにかけて吊り下げると、釣り床は私の眼の高さにあった。

そのまま跳び上がっても揺れて入れないので、食卓に乗って辛うじて入れたから、出るときはぶら下がって跳び下りることになる。

背の高い者は、釣り床が頸か胸の位置にあるから括るのに力が入るが、眼の高さにあってはいくら満身の力を籠めて引っ張っても、筋肉の働きがそのまま伝わらないのだ。

腕力の差も勿論あるが、頭上まで手を上げて括らなければならないのは、かなり形勢不利である。

軍歌演習

汗（あせ）みずくになって、ようやく全員及第したときは、もう正午近くになっていた。

昼食は、赤飯と玉子焼きなどの祝い膳。

せっかく記念日の馳走であったが、疲労困憊していて食欲がなく、咽が乾涸（ひから）びてしまっていてしっかり味わうことが出来ず、残念だった。

午後は、陽光が照りつける練兵場へ出て、軍歌演習であった。

七十二期練習生、二十個分隊三千名が一堂に会した。

昨日の入校式は、第一種軍装着用であったが、今日は事業服、白い略帽に白の上下服、胸を紐で結ぶ略装なので、汗が籠もらない。

まず、分隊別に大円陣を組む。

そして、各自右手に持った『軍歌集』を眼の高さに掲げ、足踏みをして待つ。

「軍歌演習、『艦船勤務』始めっ」

の号令で、同心円を奇数列と偶数列が互いに逆行する渦巻き行進をしながら、教わったばかりの歌詞を蛮声を張り上げて斉唱する。

一、四面海なる帝国を
　守る海軍軍人は

戦時平時の別(わか)ちなく
勇み励みて勉(つと)むべし

二、如何なる堅艦快艇も
人の力に依りてこそ
其の精鋭を保ちつつ
強敵風波に当たり得(う)れ

三、風吹き荒(すさ)び波怒る
海を家なる兵(つわもの)の
職務(つとめ)は種々にかわれども
つくす誠は唯一つ

四、水漬(みず)く屍と潔(いさぎ)よく
生命(いのち)を君に捧げんの
心誰かは劣るべき
職務(つとめ)は重し身は軽し

五、熱鉄身を灼(や)く夏の日も
風刃(ふうじん)身を切る冬の夜も
忠と勇との二文字(ふたもじ)を
肝に銘じて勉むべし

（「艦船勤務」佐佐木信綱作詞、瀬戸口藤吉作曲）


腿を九十度に上げ、空いている左手を大きく振る。

「歩調とれ」の行進であり、そのうえ声を張り上げているので、びっしょり汗をかく。

『軍歌集』は分厚くはないが、持った右手を眼の高さまで上げ伸ばしているので、怠くなって辛くなる。

唱い終わり、

「全体止まれ」

の号令でほっと息を吐く。

作曲は、名曲と謳われている『軍艦行進曲』の瀬戸口藤吉であるから、律動感がいい。

小休止までにはいたらず、

「次は、『如何に狂風』」

の指示で、素早く『軍歌集』のページを繰る。

「用意、始めっ」

の号令で、また歩調をとって行進しながら、蛮声を張り上げて斉唱する。

一、如何に狂風吹きまくも
　　如何に怒濤は逆まくも

たとえ敵艦多くとも
何恐れんや義勇の士
大和魂充ち満（み）つる
我等の眼中難事なし

二、維新以降（このかた）訓練の
伎倆試（ため）さん時ぞ来ぬ
我が帝国の艦隊は
栄辱（えいじょく）生死の波分けて
渤海（ぼっかい）湾内乗り入れて
撃ち滅ぼさん敵の艦（ふね）

三、空飛び翔（か）ける砲丸に
水より躍る水雷に
敵の艦隊見る中（うち）に
皆々砕かれ粉微塵
艫（とも）より舳（へ）より沈みつつ
広き海原影もなし

四、早くも空は雲晴れて
四方（よも）の眺望（ながめ）も浪ばかり

余りに脆き敵の艦
此の戦いはもの足らず
大和魂充ち満つる
我等の眼中難事なし
（「如何に狂風」佐戦児作詞、田中穂積作曲）

まだ、ほかにも歌詞は沢山あったが、この二つだけは七十年を経た現在でも暗誦出来ることから推測すると、演習のたびにかならず唱わされていたのであろう。

いま、こうして文字にして読み返してみても、士気を鼓舞するに相応しい歌詞であったことがあらためて納得させられる。

繰り返し演習をつづけているうちに、どれもこれも暗誦できるようになっていったが、それでも相変わらず『軍歌集』を右手に持って眼の高さに掲げ、歩調をとって行進しながら斉唱するスタイルはつづけられた。

海軍体操と手旗信号

軍歌演習から解放されたあとは、いったん居住区に戻り、屋舎前に集合して海軍体操を教えられた。

まず、両腕を軽く伸ばして肩の高さまで上げ、力を抜いて落とし惰性で横に上げてまた落とすことを繰り返す〈誘導振(ゆうどうしん)〉というのからはじまるのだが、力を抜いてやれと言われても、それではだらだらやっているようで素直にやれなかった。

　それでも全部を終えると、びっしょり汗をかく。

　そのあとは手旗信号で、谷合助手の手本を見学しているうちに汗が乾いた。

　これで、海軍記念日の休日教育課程(カリキュラム)はすべて終了した。

　夕食後の温習時間に、珍しく一班の田川副班長が居住区に顔を出して、いきなり、

「皆聴けっ」

　と注目させると、

「昨日、今日は貴様らを甘やかしておいたが、明日からはそうはさせんぞ。骨の髄まで海軍魂を叩き込んでやるから、覚悟しておけ」

　そう凄んだ蒼白の顔貌(かお)は、能面のように無表情であった。

　村上班長は、赭(あか)ら顔の豪放磊落な人であったが、この田川副班長は逆のタイプで、みるからに神経質そうで陰湿な性格と看(み)て取れた。

　私は、田川副班長に威(おど)されて、明日から入る新兵教育の軍事教練が不安になってきた。一般教養の普通学や実技演習などの座学は頭脳活動だからまだしも、体力がすべての心身鍛錬教科はまったく自信がなかった。

　私は、海軍軍人になった昂奮と同時に、一ヵ月間の体力錬成への恐怖とがないまぜになって眼が冴え、今夜もまたなかなか寝つけなかった。

軍事教練はじまる

騎馬戦

新兵教育の軍事教練は、まず体力錬成競技の騎馬戦と棒倒しからはじまった。いずれも分隊対抗戦で、私たち三十五分隊の相手は三十六分隊であった。

小学校の運動会での騎馬戦は、三、四人が肩を組んで馬になった上に乗った騎手同士が、かぶっている運動帽を狙い、先に奪ったほうが勝ちになるのだが、軍学校のそれは、騎手を落馬させて組み伏せるだけに留まらず、馬をも完膚なきまでに叩きのめして殲滅する、完全勝利を要求される。

馬が敏捷に走れて、小回りもきくような状態にするには、馬上の騎手は小柄で軽量のほうがいいわけで、必然的に私たち背の低い四人組も指名された。

一班一卓の末席を囲む、千葉県飯岡出身の常世田總平（とこよだそうへい）、同八日市場出身の木下晋（きのしたひろし）、東京都淀橋出身の林順一（はやしじゅんいち）、それに私の四人は、たまたま関東地区の出身同士ということもあって、入校早々から互いに親近感を抱いていた。

五人一組の三十騎が横一線に整列すると、

「かかれッ」

の号令一下、各馬一斉に全速力で敵陣に雪崩込んだ。

相撲の立ち合いとおなじで、先手を打って突っ込み、打ち嚙ましたほうが有利に戦える。受け身に回っては士気が低下するから、この最初の激突の優劣が勝敗を分けるキーポイントになるのだ。

私の騎乗した馬も、猛烈な勢いで敵陣に走り込んだ。

そして、勢みがついて目前の馬と激突した途端、私は敵の騎手と出会い頭に顔面を強打して目眩に襲われ、落馬してしまった。脳震盪を起こしたのである。

味方の陣営に担ぎ込まれて、土の上に正座させられたまま虚ろな眼で彼我相撃つ修羅場を見遣っていると、林も落馬させられて戻ってきた。

常世田と木下はよく健闘していたが、味方の騎数が激減してからは、数騎に囲まれて衆寡敵せず、寄って集って攻め立てられて、ついに落馬させられてしまった。

この日初めての分隊対抗騎馬戦は、惨敗であった。

副班長の支那料理

その日の夕食は、情けなかった。

「次の試合の必勝を期して、今夜は支那（中華）料理を食わしてやる」

田川副班長がそう言ったから、豪華な料理が出るのをたのしみに待っていたのだが、配膳されたのはいつもと変わらぬ麦飯と汁と沢庵、それに小骨の多そうな魚の煮付けであった。

食卓に就いた私たちは、不審に思って顔を見合わせた。

谷合助手が出てきて、

「食卓当番は、各班長、副班長の食事を班長室へ運べ」

食卓番が、食事を班長室へ運んで戻ってくると、谷合助手は、

「支那料理の作り方を説明する。汁の中へ飯と魚を入れてよく掻き混ぜろ」

(これがそうなのか)

私は、田川副班長の言葉を素直に信じて期待していただけに、落胆が大きかった。

懐中時計(ストップ・ウオッチ)を手にした谷合助手の、

「できた料理を一分で食べる。かかれッ」

で私たちは素早く箸を持つと、残飯のような食事を咽(のど)へ掻き込んだ。

小骨が口の中に刺さったが、構ってはいられなかった。なにがなんでも胃の中へ流し込んでしまわなければ、空(す)きっ腹を抱えてひもじい思いをすることになる。

「止めッ、箸をおけ」

の号令までにどうやら食器を空(から)にしたが、食べた気がしなかった。

(これが、騎馬戦に負けた罰直なのか)

支那料理にありつけるなんて、どうも話が旨すぎた。

だが、一杯食わされたことには違いなかった。

その夜は、釣り床に入っても、口惜しくて眠れなかった。

騎馬戦に負けたからではない。

田川副班長の仕打ちが癪だった。

村上班長は、なにごとにも容赦ないが、人柄がよく、陰険なところはまったくなかったが、田川副班長は陰気で底意地が悪かった。

だから、よく考えてみれば、競技に負けて褒美などもらえるわけはないのだから、眉唾物で、話は初めから矛盾していたのだ。

それに気付かず、つい甘い言葉に乗せられてその気になっていた己れの莫迦さ加減が肚立たしかった。

騎馬戦で顔面を強打した後遺症で、まだ頭部がずきんずきん疼いているのが、不快感を増幅させた。

棒倒し

それから三日後、こんどは棒倒しがあった。

相手は、騎馬戦のときと同じ三十六分隊である。

私たちは、一矢を報いて田川副班長の鼻を明かしてやろう、といきり立った。

小学生のときは、棒をより傾斜させたほうが勝ちになるのだが、ここでは騎馬戦とおなじく、完膚なきまでに叩きのめすことが要求されるから、棒は中途半端な傾斜ではなく、守りの人数を殴り倒して棒を地面に横たえるまで徹底的にやらなければ、勝利は得られないのだ。まさに肉弾戦であった。

つまり、軍学校における体力錬成の騎馬戦や棒倒しは、民間学校運動会の単なる競技ではなく、勇猛果敢な攻撃精神、敢闘精神を育成するのが目的であったから、生死の極限状態にまでいたることもある真剣勝負であった。

小柄な私と林は、棒芯を抱える役に回されたので、二段で守る人数に二重三重に囲まれて息苦しくなり、開始前から味方の人数に押し潰されはしないかとそればかりが気になっていた。

常世田と木下は、騎馬戦のときの健闘が認められて、攻撃要員に選ばれていた。

潜ったまま真っ暗でなにも見えないので、いつ戦闘開始になったのか判らなかったが、

「うおー」

という喊声と地鳴りのような突進音が近付いてくると、私と林が抱えている棒を腕を組み合って囲っている守備要員が足で蹴散らしている様子が感じとれたので、戦闘の火蓋が切られたことを知り、二人で棒の揺れるのを懸命に押さえた。

ついに、勇敢な奴等が守備要員の人垣を攀じ登り、棒の上部にしがみついてぶら下がったらしく、棒が大きく傾いた。

いくら私と林が根元を押さえていても、上部に力が加わっては支え切れない。

二人は、立ち上がって肩で支え合うと、倒されまいと必死になった。

倒れるのが一秒でも遅ければ、勝ちである。

祈りも虚しく倒されたときは、太い棒と倒れ込んだ守備要員の下敷きになってしまい、こ

こで死ぬのかと思った。

救い出されて、ふらふらと立ち上がったとき、敵陣に棒の立っているのが看て取れた。

(今日も負けた)

騎馬戦惨敗の挽回を誓い合っていただけに、衝撃(ショック)は大きかった。

このとき、私と林は負けた口惜しさが昂じて諍い(いさか)を起こした。

互いに、貴様の頑張りが足りなかったから負けたのだと、根元を抱えて支え切れなかったのを相手のせいにして、口汚く罵り合った。

これが行き過ぎて、二人は対抗意識を燃やすようになり、せっかく常世田と木下が仲直りさせようと努(つと)めてくれたのだが、私も林も感情的になってしまっていて耳を貸さず、なにかにつけて啀(いが)み合うようになっていった。

分隊長涙の鉄拳制裁

ともあれ、その夜は罰直を覚悟していたが、連日ではと大目に見てくれたのか、無気味なほど静寂のうちに夕食もすんだ。

あとは、

「総員、釣り床おろせ」

で今日一日が終わるはずであった。

ところが、夕食後の自由時間に、

「総員屋舎前に整列」

の号令がかかった。

分隊長から訓話があるという。珍らしいことであった。

一班、二班、三班の順に、横隊に整列して待っていると、宮崎分隊長が現われた。

宮崎中尉は、学徒出身であるから兵学校出身者のように精悍な面魂ではなく、学帽の似合う蒼白き知識人型（インテリタイプ）であった。

その宮崎分隊長から、

「貴様ら、昨日今日のあの態（ざま）はなんだ」

開口一番、そう罵声を浴びせられたので、私たちは吃驚（びっくり）した。

「貴様らは、まだ娑婆っ気が抜け切っておらんから、分隊長が海軍魂を入れてやる。最前列の者は一歩前へ出ろ」

最前列は一班一卓だから、私も林も常世田も木下も並んでいたので、一歩前へ出た。

宮崎分隊長が近付いてきて、

「足を開いて、歯を喰い縛れッ」

そう叫ぶと、一人一人に鉄拳制裁を加えていった。

分隊長一人で百五十人を殴るのだから、時間がかかった。

海軍では、罰直のことを、

「修正を受けた」

という。

分隊長から真っ先に修正を受けた私たちは、急いで最後列に回り、一列ずつ修正が終わるたびに一歩ずつ前へ進んだ。

私は初めて殴られたので、受けかたが下手（へた）だったらしく、口の中が切れてひりひり痛み、頰（は）は腫れ上がって熱をもった。

全員分隊長の鉄拳制裁を受け終わって居住区に戻り、自席で痛みをこらえていると、谷合助手が洗面器を持って現われ、

「これに水を入れて、分隊長室へ持っていけ」

そう私に命じた。

私は、反射的に立ち上がって洗面器を受けとると、洗い場に走って水を汲み、分隊長室へ持っていった。

「千坂練習生、洗面器に水を入れて持って参りました」

宮崎分隊長の、

「入れ」

の指示で、ドアを開けて室内に入った。

宮崎分隊長は、待ち兼ねていたように、素早く水を張った洗面器のなかに手を突っ込んだ。

右掌全体が真っ赤に腫れ上がっていた。

私が手拭いを差し出したとき、こちらに顔を向けた分隊長の眼に涙がうかんでいた。

（殴るほうも痛いのだ）

私は、見てはならぬものを見てしまったことに動揺して、いたたまれなくなり、

「千坂練習生、帰ります」

そう申告すると、慌てて分隊長室を出た。

居住区は、釣り床を吊り終って、就寝するところであった。

私のは、木下が吊ってくれたという。

私は、木下に礼を言うと、急いで事業服を脱いで枕の下に畳み、釣り床に潜り込んだ。

やがて巡検があって、それで今日一日が終わるはずであったが、今夜はそうはいかなかった。

初めての〝バッター〟

「巡検終わり、煙草盆出せ」

の指示が拡声器から流れて、眠りに就こうとしているところへ谷合助手が、

「総員、そのまま静かにネッチング前に整列しろ、急げ」

そう低声で釣り床の間を性急に伝え歩いた。

私たちは、純綿白色の越中褌を着けただけの全裸で就寝しているので、そのままの恰好で急ぎ起床して整列した。

越中褌というのは、信長、秀吉、家康の三代に仕えた細川越中守忠興が諸事節約を図った

ときに、それまで使用していた六尺褌（約二・二七メートル）ではもったいないと半分にさせて二本にしたことから、そういわれている。

つまり、私たちが、身に着けているのは、長さ三尺（一・一メートル余り）の小幅の布に付けた紐を背後から回して臍のまえで縛り、尻と股間を包んできた布を紐に引っ掛けて前へ垂らしているだけの、風通しのいい簡易下穿きであった。

五月末とはいえ、まだ夜半に素っ裸で立っているのは寒い。

やがて、田川副班長が出てきて一同の前に立つと、

「今日は、貴様たちのために全班長が恥をかかされた。分隊長が貴様たちを直接修正されたということは、つまり、班長の指導教育が生緩いということのお叱りでもある。したがって分隊長のご意向に添うべく、いまから班長に代わってこのわしが貴様らに軍人精神、海軍魂を叩き込んでやる」

そう修正宣言をした。そのあと谷合助手が「自分がやります」としゃしゃり出て、

「一班一卓、一歩前へ出ろ」

と号令をかけたので、私たち一卓二十五名は前へ出た。

いつ持ち出してきたのか、谷合助手の手には野球のバットより太い棒が握られていた。

その棒には、下手な字で、

〈軍人精神注入棒〉

と墨書されていた。

「両手を上げ、両脚を開いて、尻を突き出せ」

今回は大きいほうから呼ばれたので、私が受けるまでにはすこし間があったが、谷合助手の振り下ろした棒が修正を受ける者の屁っ放り腰に当たって鈍い音を立てると同時に、

「うっ」

と呻いて二、三歩前へ蹌踉ける、その苦痛の表情を見ているのが辛く、早く順番が回ってこないかと、待つあいだ歯の根が合わなかった。

「つぎッ」

私の番が回ってきたときには、谷合助手はすでに一人三発で六十回以上振っていて、顔面汗塗れになっていたので、かなり疲労していると思われたのだが、それでもびしっと尻に当てられたときの痛さはこらえようがなく、思わず、

「うっ」

と呻きながら歯を食い縛るのだが、それでも堪らず、二、三歩前へ踏み出した。

みんな打たれた瞬間に蹌踉けると思ったのは、そうではなく、痛さをこらえるためだったのである。

一班二卓は田川副班長、以下二班、三班は班長と副班長が一卓ずつ交替して、三十五分隊全員の修正は終わった。

あとで知ったことだが、この軍人精神注入棒の材は樫で、俗にバッターと称ばれた。

樫の木は、木偏に旁を〝堅〟と書くように、確かに堅い木であった。球ではなく人体を打

つのであるから、それに堪え得る材でなくては用をなさない。
ともあれ、その夜は尻を床に着けると跳び上がるほど痛いので、とても仰向いては寝られず、俯せになったのだが、それでも疼いてひと晩中眠れぬまま夜を明かした。

甲板掃除

まわれ、まわれッ

日曜日は、民間学校は一斉休校であるが、軍学校に休日はない。月月火水木金金で、衣食住つきの籠の鳥は解放してもらえないのだ。

いつものように起床、洗面、朝礼のあと、海軍体操で体を解してから朝食になる。

朝食後、班長たちには休日の半舷上陸（半数外出）があり、居残りの班長たちは課業のない退屈凌ぎに私たちに甲板掃除を命じた。

陸上施設で軍艦の甲板に相当するのは、屋舎のデッキ（床）である。

つまり、甲板掃除とは居住区の床掃除のことをいうのだ。

さて、その甲板掃除のことである。

まず、居住区内の卓、椅子、その他の器物を全部屋外へ運び出すことからはじまる。

障害物を片付けたあとの居住区は、まるで体育館のように広々となった。

掃除用具は、オスタップ（大きな洗濯桶）とソーフ（甲板用棒雑布）と箒、刷毛である。

ソーフは、荒縄を五〇センチぐらいの長さに何回か折り曲げて束にしたものをぐるぐる巻いて固定した代用品であった。

はじめに箒で掃いておいて、オスタップの水をバケツで撒く。

谷合助手がバットを持って現われ、

「ソーフ用意」

の号令をかけると、十人一組で衣嚢棚の前へ一列横隊に並び、ソーフを両掌に摑んで陸上競技の競争で、トラックのスタート位置につくときのように尻を上げて構える。

そして、谷合助手の、

「押せーッ」

の号令で、ソーフを押しながら駆け出す。

撒いた水がソーフを越えて顔に跳び込んでくる。

反対側の衣嚢棚の前へ行き着くと、合図の呼ぶ子の笛と、バットで床をどすんどすん突きながら叫ぶ谷合助手の、

「まわれ、まわれッ」

の号令で、反転して駆け戻るのだ。

往復一〇〇メートルぐらいの距離なのだが、汗塗れになり腿の筋肉が引き攣ってふらふらになる。

「交替ッ」

で次の組がおなじことを繰り返す。

こうしてデッキを満遍なく濡らすと、こんどは磨きになるのだ。

ソーフを両掌で掴んでデッキに屈み、

「はじめッ」

の号令で片足を前に出し、掴んでいるソーフに体重をかけて磨く。

前進を促す呼ぶ子の笛の合図で、屈んだままこんどは後方の足を前に出して一歩進む。

そうやって先へ先へと磨いて行き、交替の号令がかかるまで何回も往復する。

これが地獄の責め苦なのだ。

横一線に遅れるとバットで尻を打たれる。あとからソーフをオスタップで洗いながら、汚れを拭きとる組が従いてくるので、遅れると全体の調子が狂うのだ。

最後は、ソーフ押しで仕上げて、やっと終わる。

全員整列して、

「甲板掃除終了」

の申告をするのだが、脹ら脛が攣ったり、脚が痺れていたりしてふらつくと、居残りの班長や副班長に列から引き摺り出されて、全員の前で容赦ないバットを喰らう。

都会育ちで筋力の弱い私には、ソーフ押しも辛いが、デッキ磨きはもっときつく、甲板掃除は大の苦手だった。

い。

軍歌演習の効用

昼食を挟んで、午後はまず手旗訓練である。

手旗信号は、右手に白旗、左手に赤旗を持ち、全身で片仮名文字をつくって相手に伝えるのだが、相手が読めるようにするためには裏から見た文字を書かなければならないので難しい。

谷合助手が懸命に教えてくれるのだが、つい逆文字になってしまう。

そして、夕刻は軍歌演習となる。

日曜日の夕刻か夕食後に定着するまでは、歌詞を暗誦させるために毎日つづけられたから、軍歌集を右手に持って眼の高さに掲げる格好(スタイル)はとっていても、歌詞は題目(だいもく)のようにそらんじているので見ているわけではない。

『艦船勤務』を斉唱しながら、その歌詞の一節一節に傾注しているうちに、いつか海軍軍人の本分がしっかりと植え付けられていったし、

『如何に狂風』を斉唱しつづけることによって、

「断じて行なえば、鬼神もこれを避く」

つまり、堅く決意して迷うことなく決行すれば、たとえ鬼神といえども恐れてこれを避け、何者もそれを妨げることは出来ない、ことを固く信じて疑わないようになっていった。

私は、軍歌演習を繰り返しているうちに、軍歌は娑婆気を払い、邪念や私欲など持たぬ汚れのない少年兵に純粋培養するための呪文なのではないか、と思うようになっていった。

短艇訓練と陸戦訓練

初漕ぎの苦労

騎馬戦や棒倒しに較(くら)べれば、軍歌演習は円陣の縁を行進しながら大声で斉唱するだけだから楽なように見えるが、二時間もつづくので、終いには『軍歌集』を持つ腕が棒のように突っ張って脂汗が出てくる。

扱(しご)きを目的とする練習生教程に手加減や思い遣りなどあろうはずはないのだから、海軍体操、軍歌演習、手旗訓練などの軽い課業だけですむはずはなく、甲板掃除はまだいいほうで、体力がすべての厳しい教科が待っていた。

短艇(カッター)と陸戦である。

短艇を操作する海は三田尻港で、埋め立て地の先にあった。

その習熟訓練は、地獄の責め苦を味わわされることになるのだが、そうとは知らぬ私たちは、娑婆へ出られることでその日を愉(たの)しみにしていた。

三田尻港までは民家のあいだを抜けて行くので、幽かに娑婆の空気に触れることができるのだった。

だが、実際に行ってみると、海へ通ずる道はコークスの埋め立てだったので、裸足(はだし)の足裏が熱くてたまらず、なるべくコークスに足をつけないように跳ねながら駆け抜けたので、そんな余裕はまったくなかった。

短艇は、三田尻港の舫(もや)い場に釣り床を吊ったように整然と並んでいるのではなく、岸壁に繋留してあったような気がする。

そのなかから各班二艘ずつ割り当てられた。

短艇というのは橈(かい)で漕ぐ小舟のことで、長さ一二メートル、右舷と左舷それぞれ六人ずつで漕ぐ。

橈の長さは五メートル、平衡(バランス)を保つためということであるが、握りの部分に鉛が埋め込んであるのと、常に海水で濡れているのでかなり重い。鉛が埋め込んである橈の握りの部分は両掌で輪をつくるほど太く、長さは私の身長の倍以上あった。

初めは、一本の橈を二人で漕ぎ、残る一人は艇尾で舵柄(だへい)を握って操舵する。

林が操舵手に指名されたので、私は常世田と組(ペア)で漕ぎ手になった。

漕ぐ方法は、足を伸ばして腰掛けた上半身を前に屈めて反動をつけ、いっきに後方へ倒れ込むようにして橈を引きつけ、すぐ前屈みになりながら橈を押し出すことを繰り返すのだが、速度(スピード)を上げるためには漕ぐ回数(ピッチ)を多くしなければならないから、息吐(つ)く暇もない。

漕ぐ位置は、私が内側、常世田が外側であった。

私は、全身を使って漕いだが、橈が重くて一漕ぎ(ワンストローク)が遅れてしまい、村上班長の呼ぶ子の笛の反復(リズム)に追い付かなかった。

夢中で漕ぎまくり、やっとのことでどうやら目差す向島まで辿り着くことが出来たが、漕

ぎ終えたあとの、

「橈立てッ」

が、また大変な苦労だった。

十二本の橈が一斉に立つ光景は、遠眼には恰好よく映るかも知れないが、その実はなりふり構わず醜態を曝して懸命になっていたのである。

「橈立て」は、橈の手許を足で押さえて固定しておき、反動をつけて持ち上げ垂直に立てるだけのことなのだが、常世田の力を借りていてもそれが重くてとてもすんなりとはいかず、立てることに没頭していると、橈座から外れることがある。

いちど外れて橈が流されそうになり、往生したことがあった。

どうやら橈を立てて初漕ぎが終わり、向島へ上陸して休憩になった。

のちには、このとき水泳訓練させられて、なかなか足腰伸ばしてのんびりはさせてくれなかった。

雲泥の差の漕ぎ手と操舵手

帰路は、内側と外側が入れ替わることになり、私は林と交代して操舵手になった。

林は常世田と組になり、私の眼のまえで外側を漕いでいたが、呼吸（いき）も合っていたし、肥（ふと）っている体重を利用しての漕ぎは豪快で逞しく、とても私の及ばぬところと感心させられた。

操舵も海水の抵抗があるので重く、決して楽ではないが、それでも漕ぎ手と較べればずっといい。

漕ぎ手をやったあとは、尻の皮膚が擦り剝けてひりひりするし、足の裏は痛むし、掌の肉刺が潰れて皮が剝けてしまっているしで、散々な眼に遭うが、操舵手はせいぜい肉刺が出来るぐらいですむのだ。

両方やってみると、漕ぎ手と操舵手では肉体酷使に天地雲泥の差があることが判る。

橈を一人で扱うようになっても、非力な私は失敗を繰り返して仲間の顰蹙を買ったが、それでも訓練を重ねるうちに少しずつではあるがまともに漕げるようになっていった。

村上班長は、そんな私の変化を見て、仕込み甲斐があるとでも思ったのか、なにかと眼を懸けてくれるようになった。

だが、短艇訓練といえどもただ習熟するだけに留まらず、騎馬戦や棒倒し、銃剣術などの競技とおなじ各班対抗試合で成果を判定するから、訓練が仕上げに入ってゆくと、各班長たちは爪竿のほかに青竹のよく撓う笞を片手に艇内で仁王立ちになって漕ぎ手を叱咤激励する。

このころには、私はもう操舵手に定着していた。漕ぎ手が小柄で非力では頼りないから除外されたのであろうが、林の蔑視を受けながらも私にとっては屈辱どころかむしろ救いであった。

操舵を私に委せた村上班長は、漕ぎ手の様子を監視していて、調子を乱した者には容赦なく笞を喰らわせた。

短艇訓練のときの身形は、騎馬戦や棒倒しのときとおなじで、略帽の顎紐をかけ、上半身裸、洋袴（ズボン）は膝下まで捲り上げている。

その裸の背中に、青竹の笞が撓って喰い込んでくるのだからたまらない。

たちまち、袈裟懸けに赤い線が走り、それが蚯蚓（みみず）腫れになる。

競漕において、決定的な痛手（ダメージ）になるのは橈流しである。

ひと漕ぎした橈を次の動作に移すとき、角度を誤って海中に引き摺り込まれ、抜けなくなる状態をいうのだが、その流した橈がブレーキになって艇は途端に減速してしまうのだ。

短艇競漕でしごかれる

訓練を重ねているうちに、いよいよその成果を判定する各班対抗競漕のときがきた。

対抗戦といえば、大抵は勝ち抜き戦（トーナメント）方式で敗者が除外されていって、最後に残った二者のあいだで雌雄が決せられるのであるが、海軍のそれはまったく逆で、敗者は攻撃精神が欠けていると判定されて、勝つまでやらされる負け残り方式であった。

この日の課業は、午前短艇、午後陸戦という苛酷な魔の日であったが、短艇競漕は負け残り方式であるから、緒戦で勝ってしまえば午後の陸戦までゆっくり休憩出来るわけである。

ところが、この日私たちの班は不覚にも一卓が四位、二卓が五位で辛うじて最下位の六位は免れたものの、どちらもB級で、一、二卓合わせた一班の総合点では最下位という情けない結果に終わってしまった。

短艇競漕のあと、一班全員が舫い場に残された。村上班長と田川副班長は、それぞれ一卓と二卓の艇に乗り、罰直として向島までの往復を命じた。私たちは、往路と復路を交代して漕いだが、一往復に留まらず、二往復、三往復させられて、徹底的に扱かれた。

ようやく赦されて、全員ふらつく足取りでどうやら居住区に戻ったときには、二、三班はすでに昼食を終えて、午後の課業の陸戦訓練の仕度に取りかかっていた。

もはや私たちは昼食を摂る時間的余裕はなく、空腹を抱えたまま陸戦訓練に出ざるを得なくなった。

地獄の陸戦訓練

陸戦訓練用の銃は陸軍三八式歩兵銃で、居住区の窓際に並んでいる架台に整然と立てかけてある。

この銃が架台から少しでも横へずれていようものなら、修正のバットを喰らう。

私は、海軍軍人がなぜ陸軍の銃を借りて陸戦の訓練をしなければならないのか、不思議で仕方がなかった。

三八式歩兵銃は明治三十八年（一九〇五）、日露戦争の最中に制式化されたので、三八式というのだそうだ。

そんな旧式銃を拝借しなくてもと思っていたのだが、戦後に聴いた話によると、旧式どころか陸軍歩兵部隊の主力兵器だったというから驚いた。

ともあれ、その三八式歩兵銃を携行して練兵場に駆け付け、整列した。

正面に分隊長宮崎中尉、その横に分隊士馬場兵曹長が軍刀代わりに軽い指揮刀を持って立ち、村上班長以下六人の正副が、受け持つ班列の先頭横に練習生とおなじ三八式歩兵銃を持って並んだ。

練習生教程のなかで唯一の武装教科ということもあって、肉体を酷使する辛い訓練ではあったが、私はこのときだけ自分が軍人になろうとしている実感が湧(わ)いてくるのだった。

分隊長と分隊士は好対照で、馬場兵曹長は徴兵上がりの歴戦の勇士だから厳(いか)ついが、宮崎中尉は学徒出身の知識人(インテリゲンチャ)であり、その長身痩軀の貴公子然とした容貌と、枯草色(カーキ)の第三種開襟軍装の中尉の襟章とが相俟って恰好よかった。

私が、『軍隊小唄』の詞のなかに、

大佐中佐少佐老い耄(ぼ)れで
と言って大尉にゃ妻がある
若い少尉さんにゃ金がない
女泣かせの中尉どの

というのがあるのを思い出して、なるほどそうだと見惚れていると、その宮崎分隊長が指揮刀を抜いて右脇に立てると、

「訓練はじめッ」

と命令を下した。

私たちは、村上班長の指揮で重い銃を肩に担ぎ、行進や早駆けを繰り返して汗塗れになったあと、銃の操作訓練に移って伏射、膝撃ち、立射などをやらせられた。

しかし、いずれも空砲だから命中率は判定出来ないし、子供の頃の戦争ごっこ染みていて身が入らないのだが、この射撃の基本をしっかり覚えておかないと出来映えを判定する実弾射撃のときに結果が出るといわれているので、徒や疎かには出来なかった。

陸戦訓練の最後は、匍匐前進である。

地に伏して、銃を横にして両掌で支え、両肱と両脚で這って進むのであるが、肱と膝が擦れて痛く、私の非力な腕力と筋力で体を前進させるのはなんとも苦痛であった。

夕暮れ近くになって地獄の訓練が終わり解散になったが、私たち一班員だけはその場に残された。

命じたのは谷合助手で、

「貴様らは、午前中の短艇競漕に惨敗して班長、副班長に大恥をかかせ、そのうえ昼食もお摂りいただけない不始末を仕出かした。根性を叩き直してやるから俺に従いてこい」

そう言うと、三八式歩兵銃を担がせたまま二列縦隊で校門まで先導し、自分はそこで見張っていて、私たちに外周を何回も駆け足させた。

　薄暗くなってようやく罰直から解放されて居住区に帰り着き、銃の手入れをして点検を受けたとき、あろうことか大事が出来した。

　中原練習生に貸与された銃の、床尾の螺子釘が一本足りなかったのである。

　一班全員が屋舎の外に整列させせられ、村上班長から、

「銃は、畏れ多くも天皇陛下からのお預かり物である。たとえ螺子釘一本たりといえども紛失することは赦されぬ。全体責任として全員で捜し出せ」

　そう厳しく叱責されて、追い立てられた。

　私たちは、練兵場へ急ぎながら中原に、

「どこで落したんだ」

　と怨みを込め口を尖らせて訊いたが、それが判ればその場で拾うはずで、夕食も抜かれかねない危惧への鬱憤晴らしにしても愚問であった。

　中原の落した螺子釘は捜せど捜せど練兵場では発見出来ず、ついに校門を出て外周りを捜しはじめた頃には、誰も彼もが怨み言を呟いていたが、努力むなしく精根尽き果てると、

「間が悪かったのだから仕方がないさ」

　そう中原を慰めて、諦める心境になっていった。

　あたりがすっかり暗くなって、這うようにしても識別が難しくなると、ようやく谷合助手から、

「作業止め、整列ッ」

の声がかかり、点呼をとられたあと、解放されて校内へ戻った。

だが、ことはそれだけではすまなかった。

居住区前に田川副班長が立っていて、谷合助手が見つからなかったことを報告すると、噛みつくような顔でどやされた。

「貴様たちの眼は節穴か。厭々捜しとるから見つからんのだ。そうだろう、どうだ」

そう言われても、誰も返答が出来なかった。

軍隊では、弁解は一切許されないのだ。

重苦しい沈黙がつづいた。

やがて、田川副班長が勝ち誇ったように、

「貴様たちが総がかりでも捜し出せなかった螺子釘を、このわしが見つけた。見ろ、ここにある」

そう言いながら右手を挙げたその指先に、問題の螺子釘が抓まれていた。

それを見せられて、一同唖然とした。

私は、広い練兵場のどこかで見つけたという田川副班長の物言いに疑念を抱いた。

(架台に立てたときに弛んで落ちたのを、偶然見つけて隠し持ち、中原を陥れたのだ。それに違いない)

そう推測して、その穢い遣り口に肚を立てた。

谷合助手もおなじような思いだったらしく、ぷいと横を向いて屋舎へ入っていってしまった。

「貴様たちは、弛んでおるからこういう不始末をしでかすのだ。班長が赦されてもわしが宥さん。修正してやるから一人ずつ前へ出ろ」

凄む田川副班長の前に、いつも率先して修正を受ける木下がすっと出て、

「お願いします」

と申告した。

「よし。足を開いて歯を喰いしばれ」

そう言うなり、鉄拳が木下の頰を左右撲って顎をとった。

木下は、蹌踉けながらも不動の姿勢をとりつづけ、修正が終わると、

「有難うございました」

と礼を述べて最敬礼した。

これが修正という体罰を受けるときの厳粛な作法であった。

木下のあと常世田が出ると、林もつづいたので、私もつられ、あとは次々と先を争って前へ出た。

全員の修正が終わると、田川副班長は、

「中原は残って前支えしていろ。他の者は急ぎ夕食の用意にかかれッ」

と解散を命じた。

前支えとは、伏せた体を掌と足の爪先で浮かす腕立て伏せするときのあの恰好である。

体罰に楽なものなどあるはずはないが、この前支えは時間の経過とともに手足が痺れて痙攣を起こし、腹筋が張って痛み、脂汗が出る。

中原は、そのあと田川副班長からさらにバットでの修正を受けたということで、顔面蒼白、倒れんばかりに蹌踉けながら戻ってきた。

その夜、中原は就寝中に糞尿を垂れ流した。

打たれたところが悪く、括約筋を損傷してしまったらしい。

バットで打たれるときは、両腕を真っ直ぐ上げて両脚を半歩開き、体を腰から折って尻を突き出す姿勢をとるのだが、尾骶骨を割られぬよう注意して、その下の肉の豊かな尻を打たせなければならない。

だが、その柔らかい脹らみを打たれると、焼かれるような熱さと激痛が走る。

体罰を与える機会を見つけると、たとえ他班のことであってもしゃしゃり出る陰湿で加虐趣味の田川副班長の手にかかると、バットを振り切らずに打ち留めるからたまったものではない。

強烈な衝撃を受けて体が仰(の)け反(ぞ)り、二、三歩前へずり出るだけでは痛みを鎮静出来ず、思わず爪先立ちでちょこちょこ歩いて堪えるのだ。

(中原は、尻を突き出すのを躊躇(ためら)って、尾骶骨の上部を直撃されたのだろう)

そう思うと私は、私的制裁で一生台無しになるかも知れない中原が可哀相でならなかった。

罰直のいろいろ

班長たちは、無聊の慰めや鬱憤晴らしに、好んで練習生たちに罰直を与えて愉しんでいるようだった。

軍隊では、上官に反抗すれば重罪だから、無抵抗な練習生に体罰を与えるのは嬰児(あかご)の手を捻るよりも簡単であった。

典型的な弱者苛(いじ)めである。

罰直は、ほかにもいろいろある。

掌を床に着いて、足を卓上に乗せる〈急降下(ヘルダイブ)〉。

ビームのフックに両掌の指をかけてぶら下がる〈牛肉〉は、体重に引っ張られて指が千切れるのではないかと思うほど痛い。

衣嚢を取り出したあとの棚に潜り込む〈蜂の巣〉は、一歩でも遅れるとすんなり入り込める中段は埋まってしまい、上段へ跳躍したり、下段へ屈んだりしてもたつき、這入り切れずにいる尻をバットで容赦なく叩かれる。

体罰の代わりに恥辱を受けるのが、〈鶯の谷渡り〉である。

長閑な春の光景が連想されるが、これほど莫迦莫迦しい罰直はない。

分隊全員が笑いをこらえて見詰めるまえで、木の枝に見立てたビームに上らされて、班長、副班長や谷合助手の、

「そこで啼(な)く」

の号令で、

「ホー、ホケキョ」

と美声をつくって張り上げるのだ。

「声が小さい」

そう言われて、思し召しに叶うまで何度も啼き真似を繰り返しているうちに、自分自身が情けなくなって口惜し涙が出てくる。

そのほか、書き上げれば枚挙にいとまがないが、私が失笑を買うような失敗をやったときに受けたのは、〈牛殺し〉〈安全装置〉〈木魚叩き〉などの軽体罰が多かった。

新兵教育終わる

中原の垂れ流しはつづき、糞尿に塗れた毛布はオスタップ（大型洗濯桶）に漬けて、交代で洗ってやっていたが、いつのまにか入室になって病棟に移ったまま帰ってこなくなった。

こうして、入校から一ヵ月のあいだ、短艇、陸戦、銃剣術、騎馬戦、棒倒しなど体力酷使の課業がつづいたうえに、体罰まで加えられて海軍魂を叩き込まれ、私たち練習生は短期集中の速成軍事教練で新兵教育を修了した。

だが、なかにはそんな練習生生活に堪えられず、居住区拡張工事機材運搬用の四輪台車の軽便軌条の上に掌をおき、石で指を潰して兵役免除を謀る者も出たが、大抵は未遂に終わって海軍刑務所送りになっていた。

そして、係累は家族や親戚縁者にも及び、戦死すれば〈誉(ほま)れの家〉と讃(たた)えられるところを、〈非国民〉扱いされて罵(のの)られてしまうのだ。

仕上げの各班対抗短艇競技において、わが一班は優勝は出来なかったが、A級入りして有終の美を飾ることが出来た。

また、陸戦演習の掉尾(とうび)を飾る実弾射撃は、銃の床尾を鎖骨に密着させて肩の力を抜き肱を引き付ける姿勢の膝撃ちが難しかったが、それより、帰路の山道に蜂が群がっているのを突進させられて刺され、小便を塗って応急処置したものの額が脹れ上がって怠く、治療してくれた衛生兵の失笑を買ったのが忘れられない。

実技訓練

送受信と艦船識別訓練

一ヵ月の新兵教育が終わったところで、各班とも班長が一人制になり、代わりに助手がついた。

一班は村上班長が実施部隊へ転属になったので、田川副班長がそのまま班長になり、梅村上水という小柄な人が助手についた。

七月から電信術練習生としての実技訓練に入ると、一変して体操、軍歌演習、手旗信号のほかは座学が多くなり、それも密度の濃い学習がつづいた。

専攻教科の電信術は、毎日午前と午後に分けて送信と受信の実技演習が行なわれた。

モールス符号のイロハニホヘトは、

「伊東（・—）、路上歩行（・—・—）、ハーモニカ（—・・・）、入費増加（—・—・）、報告（—・・）、屁（・）、特等席（・・—・・）」

と教えられた。

海軍以外では、これを、

「トン・ツー伊、トン・ツー・トン・ツー呂、ツー・トン・トン・トン波」

と教えられたところもあるようだが、比較すると海軍式のほうがずっと覚え易い。

私たちは、田川新班長に、

「送受信とも、一分間百字を目標にして、習熟するように」

命じられて、実技訓練に入った。

一分間百字ということは、一秒間に二字足らずだから簡単なようだが、実はこれが至難の業なのである。

はじめのうちは、電鍵（でんけん）をゆっくり叩いてトン、トン、トンを何回も繰り返し、つぎにツー、ツー、ツーをこれまた何回もつづける基本を真面目にやっているのだが、そのうちにトンとツーだけでは面白くなくなってイロハの文字を打ちはじめる。

だが、毎日毎日ただ一字一字をゆっくり打つだけの単調な繰り返しにも飽きて、そっと自分で電文をつくり、試しに早打ちする者が出はじめた。

私は、実技をはじめるにあたって田川班長から、

「銃操作のときにも言ったことだが、実技はなにごとも基本が大事だということを忘れるな」

そう注意されたことを忠実に守って、焦らなかったからよかったが、早打ちをはじめた者のなかから、恐れられていた〈手を毀(こわ)す〉症状が出はじめた。

〈手を毀す〉というのは、ある符号がどうしても打てなくなってしまうことをいう。

自分では原稿どおり打っている心算(つもり)なのだが、その字のところへくると意識してしまって、どうしてもその符号が打てなくなるのだ。

たとえば、トの場合、
・・―・・
と打つべきところを、なんど打っても、
・・―・・・
と短符がひとつ多くなってしまうのだ。

つまり、手首が脳の指示どおり反応しないのである。

いちど手を毀してしまうと、特効薬などないから容易に治らない。

焦らず、のんびり構えて、常時手首を振る訓練を根気よくつづけながら、基本にかえって一字一字ゆっくり電鍵を叩くことを繰り返し、自然恢復(かいふく)を待つよりほかに方法はない。

そうなると、送信技術の練習が著しく遅れてしまう。

座学は、電信術のほかに、敵味方の艦船を識別する訓練が行なわれた。

田川班長が、艦影を黒く塗り潰した平面と側面の絵を紙芝居のようにしてみせて、艦名を答案用紙に書かせるのである。

はじめのうちは、このところ送受信実技演習がハードスケジュールになっていたため、息抜きか頭脳休めぐらいに思って遊戯感覚で面白半分にやっていたのだが、それが正規訓練同様に正解点数を競わせるようになると、みな真剣な態度になっていった。

私は、敵艦どころか、これまで味方の艦船さえ見たことがなかったので、呆気にとられて為す術を知らず途惑っていたが、そのうちに要領を覚え、それぞれの特徴を逸早く把握することによって的中率を上げていった。

盗られたら盗り返せ

そんなる日、座学を終えたあと、廊下の帽子掛けに自分の略帽がないのに気がつき、慌てた。

誰か取り違えたのだろうと、全員が戸外へ出るまで待ってみたが、帽子掛けにはひとつも残らなかった。

私は、居住区へ戻って、さきごろ実施部隊へ転属になった谷合助手と交代していた梅村助手に、

「自分は、只今の座学中に略帽を盗られました」

と申告した。

「なにッ」

梅村助手は、きっとなって、

「もたもたしているからだ」

仕様がない奴だと言わんばかりに怒鳴ったが、そう言われても自分の不注意ではないのだから納得いかなかった。

「次の課業は体操だな」

「そうであります」

「よし。班長に申告しておくから、休んで卓で待機していろ」

「はい。自分は卓で待機します」

私は、梅村助手の命令を復誦(ふくしょう)して、そのまま卓に着いて待った。

しばらくして、梅村助手がやってきて戸外(そと)へ連れ出された。

（顎か、バットか）

一瞬そう思った。

盗まれたほうが不注意を指摘されて罰直を受け、事と次第によってはそれが班員全体の連帯責任にまで発展する場合もある。

（修正される謂(いわ)れはない）

そう突っ張ってみても、海軍に、

〈釈明〉の文字はなく、言い訳はいっさい通用しなかったから、たとえこちらに道理があっても、

「ご無理ごもっとも」

と黙り込むしかないのだった。

これまで、着任してまだ日の浅い梅村助手から修正を受けたことはなかったので、谷合助手とは正反対の小柄で闘志（ファイト）をあまり表面（おもて）に出さない梅村助手の腕力はどうだろうか、などと思いながら黙って従（つ）いて行った。

梅村助手は、座学室の屋舎の一棟に入って行って、無人の廊下を静かに歩きながら、送信実技演習の電鍵の音で煩（うるさ）い教室の帽子掛けから略帽をひとつ抜き盗ると、立ち止まらずに通り抜けて、裏側へ出た。

人気のまったくないところで足を止めた梅村助手は、

「軍隊はすべて員数合わせだ。盗（や）られたら盗るんだ。盗られっ放しではいつも制裁を加えられねばならんぞ。いいか、解（わか）ったか」

梅村助手の説教に、私はただ、

「はい」

と答えた。

「すぐに持ち主の名前を洗い落として、そこへ濃い墨汁で目立つように自分の名前を書いておけ」

そう言うと、梅村助手は薄笑いをうかべながら、私にその略帽を突きつけた。

梅村助手の態度は、分隊が預かった貸与品の員数合わせとはいえ、練習生の眼の前で盗みをやって見せたことへの照れ笑いだったのかも知れない。

私は、居住区へ早駆けしながら、たとえ梅村助手のやったこととはいえ、見知らぬ練習生の困惑が思い遣られて、略帽を盗んだことへの良心の呵責にさいなまれた。

初めての「上陸」

送受信実技演習以外の座学がいちおう修了したところで、私たち練習生に初めて上陸という外出許可が出た。

市内で映画鑑賞をさせるというのである。

といっても自由外出ではなく、班長の引率であったが、それでも娑婆へ出られることで昂奮した。

だが、海軍は平時のころ遠洋航海というのがあって、諸外国の港に碇泊(ていはく)することが多かったから、艦を出て上陸する外出については服装点検が厳しかった。

塵(ごみ)が付着していたり、洋袴(ズボン)の折り目が二重だったり、短靴(くつ)が磨き込まれていないと上陸止めになる。

この洒落(しゃれ)が伝統になっているので、

「粋な姿の海軍さん」

と言われているのだ。

だから、初上陸の前夜は軍帽と一種軍装の塵を丹念に払い、短靴を綺麗に磨き上げ、洋袴の寝押しには特に神経を遣った。

当日は、四列縦隊で街中へ向かい、一時間ほど歩いて狭くなった道の両側に店舗や飲食店の立ち並ぶ繁華街に入った。

しばらく進んだところで、二階の窓を開けて女性と並んでこちらを見下ろしている二班長の姿を見た。

昨夜入湯上陸（一泊外出）して満たされたらしく、ご機嫌であった。

名前は失念したが、この二曹は異質の洒落者で、青々とした髯の剃りあとが不似合いな柔和な面立ちに、針金を抜いて帽章を前に傾けるすかした軍帽をかぶり、幽かに香水らしき薫りを漂わせている、およそ硬派の軍人らしからぬ軟弱の徒で、私たち練習生の顰蹙を買っていた。

なんという映画館だか憶えていないが、上映していたのは『水兵さん』であった。

私たちとおなじ少年兵が主役だったが、術科学校の練習生ではなく、徴兵された人たちが一般兵としての訓練を受ける海兵団での特年兵の話であった。

その映画のなかで、ある少年兵が班長に修正される場面があって、当然顎かバットだと思ってどの程度やられるのか期待していたら、案に相違して言葉の叱責だけで終わってしまったので、拍子抜けして苦笑させられた。

街へ出て、映画を観て、息抜きしたことで英気を養ったことになり、十二月に入るとこれまでの訓練成果を判定するということで、連日座学の試験(テスト)になった。

筆記試験で緊張したのは艦船識別ぐらいで、あとは軍制や用語集のなかからの出題、直属上官氏名といったわざわざ試すまでもない付け足しのようなものばかりであった。

そのあいだに、専攻の電信術は、電鍵を使っての送信と、暗号文や平文(むらぶん)を受信器(レシーバー)で聴いて書き取る受信の試験がたびたびあって、その都度班の編成替えが行なわれたというのだが、私はずっと一班から移動しなかったので、そのことは記憶に残っていない。

送受信は、どちらも一分間九十字が及第線(ライン)だったが、私の伎倆(うで)はすでにそのハードルを超えていたので、追い詰められた緊張感はなく、電信術練習生になっていてよかったと思った。

実施部隊へ

雪の中の遥拝式

試験に明け暮れた慌ただしい年が終わり、昭和二十年(一九四五)の正月を迎えた。

朝食は、いつにない銀飯(白米)が出たほかに、新年を祝って雑煮が付いたが、餅がかたくて往生した。

これが海軍の餅だというのだが、ここには私たち七十二期生三千名と七十三期生のほかに分散した甲飛、乙飛の一部までもがいるのだから、たとえ海軍ならずとも一万名にも達しようとする大人数に焼き立てのふっくらした餅など配れるはずはなく、箸も通らぬ餅などもらったほうも処分に困り、有難迷惑なことであった。

この防府海軍通信学校で迎えた最初で最後の元旦の朝は、確か前夜から二年越しの雪が降っていたと思う。

その降ったりやんだりの雪の中で遥拝式が挙行された。

第一種軍装で練兵場に整列し、国旗と軍艦旗（十六条の旭日旗）を掲揚、天皇、皇后両陛下の御真影に礼拝する。

校長は昨年八月、大和田通信隊司令から補任された牛尾藤雅少将、私たちの第三十五分隊長も宮崎中尉から間宮練習生隊長とおなじ一水兵から特別任用された塩田大尉に交替していた。

昼食は、赤飯に数の子、黒豆など正月に相応しいお節料理らしきものが出た。

夕食も銀飯で、今日一日麦飯を見ないですんだ。

二日、三日も銀飯で、四日から麦飯に戻った。元日、二日と雪が降ったが、そのため飯が白かったわけではなく、四日朝食の麦飯は正月気分の終わりを告げていた。

だが、私たちは座学も陸戦も短艇もなく、貸与品の被服類の員数検査があったり、衣嚢内部の整理整頓を命ぜられたほかは、ただ自習しているだけの至極のんびりした、しかし退屈な日々がつづいた。

青天の霹靂

私には、そんな静謐の毎日がかえって無気味に思われたが、果たして予感は的中した。

十日過ぎから、毎日毎日午前送信、午後受信の猛烈日程（ハードスケジュール）で大々的に試験が繰り返された。一週間か十日ほどつづいた送受信試験が終わり、緊張が解（ほぐ）れてのんびりしているところへ、ある朝、突然分隊長からの全員集合が掛かった。

潮風で赤銅色に灼けた精悍な顔付きで私たちの前に立った塩田分隊長は、開口一番、

「このたびの試験で、わが分隊は優秀な成績を収めた。みなよくやった。分隊長は嬉しく思う」

そう顔を綻ばせて褒めたあと、

「二、三日中に各班長から発表があると思うが、指名された者は練習生教程を終了して、直ちに実施部隊に配属される。また、選に漏れた者は次の選抜で頑張るように。いいな。終わり」

私は、塩田分隊長の通告に耳を疑い、気が動顚して茫然自失した。入校してまだ八ヵ月であり、一年と承知していたのでまさに青天の霹靂であった。

これまで戦況については有利な情報しかもたらされておらず、押し気味に進行しているものと判断していたので、課業と訓練に没頭してきていたが、その雛鳥まで戦力に当てようと急（せ）かすのは、よほど切羽詰まった情勢にあるのではないだろうかと疑念を抱いた。

（果たして指名されるだろうか）

選に漏れれば口惜しいし、さりとて、指名されたらされたで一抹の不安に駆られる。私のそんな心の動揺を他所に、冬枯れの静かな季節は一日一日と過ぎていった。

自習時間ということで放任され、暇を持て余しているところへ、梅村助手がやってきて班長室へこいと呼び出された。

(なぜ、私だけなのか)

不審に思いながら急いで出頭すると、そこに馬場分隊士が待っていた。

「おまえは、東京出身で、母子家庭の長男だそうだな」

「はい。そうであります」

「いまなら、実家に近い東京通信隊か、大和田通信隊に配属してやれるがどうだ、希望するか」

分隊士の誘いは思いも寄らぬことであった。

当時、私たち練習生のあいだでは、

「鬼の東通、地獄の佐通」

つまり、各鎮守府に所属する通信隊のなかで、特に東京と佐世保は私的制裁の激(はげ)しいところと聴いていた。

戦闘地域から遥か後方の情報施設で、私的制裁で翫(もてあそ)ばれる通信諜報要員などになっていたのでは、これまで血反吐(へど)を吐く訓練に堪えてきた意味がない。

私は、練習生教程を終了したら、実施部隊の戦闘要員になって、侵されようとしている国士の防衛に殉じ、家族や叔父、叔母、従弟妹たち親族の身辺を守ろうと決意していた。

私は、躊躇わず、

「自分は、前線実施部隊の戦闘要員を希望しております」

そう分隊士に申告した。

馬場分隊士は、そのとき私の顔をじっと見詰めていたが、やがて、

「そうか」

と頷きながら呟くと、

「よし、帰れ」

「有難うございました。帰ります」

私は、そう申告して、班長室を出た。

念願の航空隊へ

そのことがあって、私は選抜されたことを知ったので、以後は落ち着いて発表を待った。

だから、一次選抜に指名されて分隊長室に呼び出されたときには動揺はなかったが、あれこれ思い巡らしていた配属先がいよいよ現実のものになると思うと、胸が高鳴った。

「おまえたちは、これから実施部隊へ配属されるのであるが、有事に当たり国家の礎（いしずえ）となることを希望する。一層奮励努力せよ」

塩田分隊長の挨拶は、門出の祝辞というより、実施部隊へ送り出す激励であった。

そのあと、班長室で馬場分隊士からそれぞれに配属先が申し渡された。

私は、受験時の希望どおり航空隊に配属された。

第七〇一航空隊という爆撃機隊で、勤務地は南九州鹿児島県にある国分(こくぶ)基地であった。

私は、艦船や通信隊ではなく、航空隊ということなら、飛行隊の訓練に堪えて技倆を身につければ偵察搭乗員になれる可能性もあるわけで、当初の希望が叶えられるかも知れないと、密かにほくそ笑んだ。

簡単な辞令の紙片を渡し終えた馬場分隊士が、

「実施部隊の期待に副(そ)うよう頑張れ」

と激励の言葉を残して班長室を出ていったあと、田川班長は、

「わしが、貴様たちをたびたび修正してきたのは、なにも貴様たちが憎くてやったのではない。一人前の軍人に育てる愛の笞だったのだ。貴様たちはよく班長の期待に応えてくれた。嬉しく思う」

そう諄々(くどくど)と弁解して、柄にもなく眼頭を押さえた。

私は、私的制裁を正当化しようとする田川班長の歯が浮くような台詞を聴きながら、

(実施部隊に行けば、つねに死の危機が付き纏う。いつまた遭えるか判らないから、いまのうちに弁解しておこう、というところか)

そう思うと、小心翼々とした卑劣な男に肚が立ち、

(もっと毅然としていろよ)

そう怒鳴りつけてやりたい衝動に駆られた。

短外套は返却しろ

配属先は固く口止めされていたので、常世田や木下にも報らせることが出来ず、彼等もまた聴き出そうとはしなかった。

林とは、別れるにあたってこれまでのわだかまりを解消したいと思ったのだが、あいにく昨年末から怪我で入室していて面会出来ず、このまま別れて再開出来るかどうか心残りであった。

出発を命ぜられた日の早朝、一人衣嚢を担いで正門横の衛兵所に行くと、そこには十数人の同期生が集まっていた。

衛兵伍長の説明によると、

「全員南九州行き」

だという。

それはいいが、驚いたのは、

「貴様らは、南へ行くのだから短外套（ハーフコート）は返却しろ」

といわれたことだ。

現在は冬の最中である。南へ行くといっても椰子の木が繁る南の島へ行くわけではない。

（鹿児島だって冬は寒いだろうに）

そう思って返却を躊躇われたが、命令とあれば致し方なかった。

いまにして思えば、この頃から少年兵の採用人数が急増していたので、衣食住ともに員数合わせが間に合わなくなっていたのだろう。

ともあれ、私たちは二食分の握り飯の包みを受け取ると、衛兵伍長の引率で二列縦隊になり、冬の夜明けの寒い道を衣嚢を担いで三田尻駅へ向かった。

入校のときと逆に辿るその道は、巣立って行く私たちの花道であった。

第三部　南九州特攻基地

鹿児島へ

桜島の偉容

私たちは、三田尻駅から山陽本線で関門隧道(トンネル)を潜って九州へ渡り、小倉駅で日豊本線に乗り換えて東海岸沿いに別府、大分、延岡、宮崎と南下していった。

通信学校へ入校するときは軍用特別列車であったが、こんどは一般運行の普通列車だったので、民間の人たちと一緒だったが、このごろは軍人の往来が頻繁になっているらしく珍しがられる様子もなかったし、私たちも任地へ出向くにあたって車中での会話は厳禁されていたので沈黙を守り、窓外を走り去る景色を見詰めつづけていたが、初めて眼にする九州の光景が珍しく、退屈しなかった。

車内で握り飯の朝食、昼食をすませ、三時ごろになって列車は西都城(にしみやこのじょう)駅に到着した。

ここで、志布志(しぶし)、串良(くしら)、鹿屋(かのや)基地へ赴任する者たちと別れた。

彼らは、ここから志布志線に乗り換えて志布志へ行き、さらに古江線に乗り換えて串良、鹿屋へ行くのだという。

現在は、両線とも廃線になってしまっていて、志布志までは南宮崎駅から日南線で行けるが、串良、鹿屋はバスの便しかない。

半数以上の同期生たちが降りたあと、私たちはさらに三十分余り乗ってようやく目的地の国分駅に到着した。

駅員に国分基地への道順を訊くまでもなく、ときおり飛行機が離着陸していたので、おおよその見当はついた。

歩きはじめて間もなく、鹿児島湾（錦江湾）の先に聳え立つ桜島が眼前を遮り、びっくりした。

地図で見ると手前の北岳が一一一七メートル、真ん中の中岳が一一一〇メートル、奥の南岳が一〇四〇メートルとなっている。

なにもない海面からいきなり一〇〇〇メートル級の山が屹立しているのだから、間近で見ると立ちはだかるその巨大な塊りに圧倒させられる。

（今日から毎日、桜島の偉容とともに暮らすのだ）

そう思うと、頼もしい味方を得たような気がして、気力が充実してきた。

国分基地着任

桜島を眺めながら二十分ほど歩いて、国分基地に到着した。

隊門横の衛兵所前に衣嚢を置いて横隊に並び、私が代表して衛兵に、

「防府海軍通信学校第七十二期生五名、練習生教程を修了してただいま着任いたしました」

そう申告しながら、いよいよこれから実施部隊の一員になるのだ、と自覚して緊張した。

そろそろ夕暮れ近くなってきたので、訓練が終了したのか、いつのまにか爆音が途絶えて静かになっていた。

大分待たされてから、

「いやあ、すまん、すまん」

笑いながらやってきた三種軍装に戦闘帽の人は、腕に兵長の階級章をつけていた。

関根と名乗った（なの）その兵長に連れられ、通信員宿舎に行った。

そこには、先任下士官だという上曹（上等兵曹）が待っていた。

私たちは、一人ずつ官氏名を名乗り、着任の申告をした。

宿舎にいる通信員のほかに、当直中の者がいて、二十四時間交代制（ローテイション）だという。

その当直の先輩たちが無線機のまえに貼り付いている電信室のある無線壕は、飛行場の近くにあった。

私たち五人は、宿舎に衣嚢を置くと、原口上曹というその先任下士官に引率されて、先輩たちが当直している飛行場近くの無線壕に行った。

直撃弾にも堪えられるという自慢の防空電信室は、無線壕のかなり深くにあった。

五台並んでいる鉄製の四角い無線機のまえに、受信装置（レシーバー）で両耳を蓋った先輩たちが貼り付いていて、受信紙に忙しく鉛筆を走らせていた。

そこには、学校の座学教室とは違う張り詰めたものが感じられた。

明日からかどうかは判らぬが、当直員となって無線機のまえに坐り、受信装置を耳に着けて指示命令伝達の信号音を聴いたとき、初めて実施部隊に配属された実感が湧いてくるだろうと思った。

だが、それを待つまでもなく、このあとすぐ実施部隊の一員になったことを自覚させられる儀式(セレモニー)が待っていた。

とんだ〝入隊祝い〟

私たちは先任下士官に促されて地上へ出ると、飛行場のほうへ誘導された。

日暮れどきで、戸外は薄暗くなっていた。

私たちよりさきに電信室にいた、少尉の襟章をつけた士官も一緒だった。

飛行場の隅にぽつんと建っている仮小屋の背後で整列させられると、原口上曹が少尉のことを木村分隊士だと紹介した。

年恰好から判断して、一水兵から叩き上げの特別任用(ノンキャリア)らしい木村分隊士は、

「貴様らは、今日から七〇一空に配属されて練習生から実施部隊の戦闘要員になったのだから、入隊祝いをしてやる」

挨拶代わりにそう言うと、まず右端に並んでいる私のまえに歩み寄り、

「足を開いて、歯を食いしばれ」

そう言うと、鉄拳を振るってきた。

私は、踏み留まれずに蹌踉けた。

（なにが入隊祝いだ）

そう思って莫迦莫迦しくなった。

五人に鉄拳を加えると、木村分隊士は立ち去り、代わって先任下士官がまえに出た。

いつどこから持ってきたのか、その手には太い棒が握られていた。

（こんどは精神棒（バット）か）

私は、実施部隊でもこんなことをやるのかと、着任早々幻滅を感じた。

だが、そうかといって不貞腐れることなど出来ない。不平不満を表面に出すことは、つまり上官への反抗に当たる。

軍隊は厳然（げんぜん）たる階級社会であって、たとえ上官からどんな無理難題を言われようとも、下級者はただただ、

「ご無理、ごもっとも」

と服従しなければならないのだ。

練習生になったとき、この徹底した命令服従の世界に驚かされたが、自分で選んだ道だから誰に歎けるものでなしと諦めて、この特異な世界にとっぷり漬かっているうちに、いつか慣らされてしまった。

（鉄拳と精神棒が入隊祝いの儀式と定められているのなら、それはそれで已（や）むを得ない）

と諦（あきら）めて、甘んじて受けるより仕方がなかった。

「実施部隊のわしら戦闘員は、練習生と違って命懸けなんだ。入隊祝いにいつでも死ねる根性を叩き込んでやる。一人ずつまえに出て尻を出せ」

こんどは左端からと命ぜられたので、私は最後に受けることになった。

精神棒を恐がって、尻を中途半端に構えていると、尾骶骨を強打されたり、罷り間違えば中原練習生のように括約筋を損傷して糞尿が垂れ流しになってしまうおそれのあることを知悉していたので、私は思い切り尻を突き出して精神棒の強打を受けた。

先任下士官は余程手応えがよかったらしく、

「構えがよろしい」

と満足そうに顔を綻ばせた。

私は、打たれかたがよろしいと誉められたところで釈然としなかった。

祝いか、いわれのない制裁か判らぬ仕打ちを受けた私たちは、複雑な心境であった。

実施部隊の宿舎

先任下士官が電信室へ去っていったのと入れ替わりに、関根兵長が私たちを迎えにきた。

そして、宿舎へ戻る夜道を歩きながら、上官から睨まれないようにあれこれ注意をしてくれた。

私は、関根兵長の話を聴きながら、

(この人は、親身になって世話を焼いてくれている)

そう感じられて、有難かった。

宿舎へ戻って、先輩が配膳してくれた夕食をすませたあとで、また関根兵長から細々（こまごま）した下働きについての具体的説明を受けた。

睡眠は釣り床（ハンモック）ではなく雑魚寝（ざこね）だったので、敷蒲団代わりと上掛けの毛布を床（ゆか）に並べておき、翌朝起床している先輩たちのを畳んで部屋の隅に積んでおけばそれでよかった。

三食の配膳は、練習生時代に食卓番で習熟していた。

また掃除は、つねに非番の者が寛いだり仮眠したりしているので、塵を拾う程度にしておいてよく、洗濯はそれぞれ自分ですることになっているということなので、押し付けられる心配も、また、こちらから率先して買って出る必要もなさそうだった。

とりあえず明朝の食卓番二名を決めて、その夜は解放され、部屋の隅に毛布を敷いて眠りに就いた。

消灯、起床の指示もなく、室内はひと晩じゅう寝たり起きたりの動きがあって、学校との相違をまざまざと感じさせられた実施部隊の宿舎であった。

国分基地にて

実地訓練

翌日、朝食の後片付けを終えて烹炊所から宿舎へ戻ってくると、関根兵長が待っていて、

「今日から当直割りに入る」

突然そう告げられて面喰らった。

当直の仲間入りは、まずここでの生活に慣れてからのことだろうと思い込んでいたので、関根兵長の言葉に耳を疑った。

だが、たとえ冗談話であろうとも、上官の命令には絶対服従しなければならないのが軍隊の掟(おきて)である。

当直といっても出陣するわけではないから、これといった仕度はなく、初勤務の不安にどきどきしながら、関根兵長に引率されて昨日の無線壕へ行った。

そして、私と岡崎と小野田は電信室に、藤田と矢部は隣りの暗号室に分けられた。

私たち三人は、緊張して無線機のまえに坐り、両耳に受信装置をあてた。

短波無線機なので波長が短く、ために電波がぶれて音が小さくなったり、混信したり、果ては消えてしまったりもする。

とても学校の静かな教室内で、班長の打電する明瞭な符号を受信するようなわけにはゆかず、心細くなってきた。

だが、心配することはなかった。

当直に就かせるといっても、実務経験のない私たちにいきなりすべてを任せるわけではなく、無線機一台に一人ずつ先輩たちが付き添ってくれて受信装置を差し込み、左手で周波数目盛調節器(ダイアル)を右に左に器用に微調整して揺れ動く電波を逃がさぬようにしっかり捕捉しながら、右手で受信用紙に暗号を書き取ってくれているのだ。

つまり、主たる当直者は飽くまで脇にいる先輩たちのほうで、私たちの出来具合を検査(チェック)するために模範暗号文を受信しているのだった。

受信成績が悪ければ、顎を取られるか精神棒を喰らうかの修正が待っているに違いないから、両耳に全神経を集中して、夢中で受信した。

この日、私たち三人はそこそこ受信出来たので、修正を受けずにすんだ。

それから毎日、食事の用意や雑用に取りかかっているとき以外は、電信室に閉じ籠もって受信演習に精出した。

暗号電報は、受信していても意味不明なので集中してとれるのだが、新聞電報は苦手だった。

隊内には新聞は配達されないので、無線で送ってきたその日の出来事(ニュース)を告知板に貼り出して伝えるのだが、これが平文(ひらぶん)なので始末が悪い。

受信しながらついつい記事に気をとられて神経が分散してしまい、誤字脱字を出してしまうのだ。

このころは、まだ七〇一空宛の直信電報はほとんどなく、傍信する量も寡(すく)なかったので緊張が弛(ゆる)み、夜間勤務のときなどは両耳を蓋(おお)っていると眠くなるので、受信装置の片方を外してたえるのだが、それでも傍信にもならぬ幽かな送信音が心地よい子守歌になって睡魔に襲われるのだった。

草原の飛行場

私は、当直が終わると、雑用の合い間によく飛行場へ行ってみた。

国分基地は、飛行場に滑走路がなかった。

どこの飛行場にもかならず長い直線の舗装された滑走路があるはずなのに、国分基地の飛行場は一面芝生で蓋われている。

地層が桜島の熔岩の積み重ねで硬くなっているらしく、滑走路などなくともどの方向へも自由に離着陸出来たのである。

これは至極便利であった。

当時の海軍機は、零戦（零式艦上戦闘機）にしても彗星艦爆（彗星という艦上爆撃機）にしても、空母（航空母艦）搭載用なので小型で軽量であったから、離着陸時には風向が気になった。

空母なら飛行甲板そのものを風の向きに移動出来るが、固定している陸上基地はそうはゆかない。

だから、どこの陸上基地にも飛行場にはかならず鯉幟のような紅白の吹き流しが立っていて、つねに風向を注意していた。

国分基地の飛行場は、自由離着陸のほかにもうひとつ利点がある。

陸上基地でも空母でもおなじことだが、軍用機の活躍を封じ込めるには滑走路なり飛行甲板を破壊して使用不能にしてしまえばそれで事足りるのだが、国分基地の場合はそうはゆかない。芝生全域を爆弾で穴だらけにしてしまわなければならないのだから手間がかかり、完全に使用不能にするのは不可能なのである。

そんな草原の飛行場も、私が赴任した当初はまだ出撃を繰り返す戦場の緊張感はなく、七〇一空所属のK一〇三（攻撃一〇三飛行隊）の彗星艦爆が降爆訓練をしていた。

鹿児島湾内に浮かぶ小島を標的にして上昇、急降下（ヘルダイブ）、反転上昇を繰り返していたが、飛行場に立つとその訓練状況がよく判った。

彗星が離着陸する合間に、ときおり高翼単葉機が飛び立つことがあった。

指揮所近くに待機している搭乗員にその機種を尋（き）いてみると、

「ああ、あれか。あれは九〇機練だ」

そう応えると、正式名は九〇式機上作業練習機といい、偵察員の航法、無線通信、旋回機銃操作、写真班の撮影などの訓練をしているのだ、と教えてくれた。

（俺も近いうちにあの練習機に乗って、訓練を受けられるかも知れない）

私は、希望に胸を膨らませて、上空の九〇機練に熱い視線を向けた。

「半舷上陸」で写真館へ

明けても暮れても受信演習を繰り返す単調な毎日がつづき、そろそろ娑婆が恋しくなってきたころ折りよく上陸許可が出た。

海軍用語は艦船本位につくられているので、たとえ陸上部隊にいても外出を上陸という。ちなみに、この日の外出は、同期五人のうち私と藤田の二人だった。二十四時間勤務なので、休日に全員外出するというわけにはいかず、半数ずつに分けるので、これを、

「半舷上陸」

という。

舷というのは船縁（ふなべり）のことで、艦首に向かって右側が右舷、左側が左舷である。

「町へ出たら、まず写真館へ行き、元気なところを写して親許へ送らせろ」

先任下士官にそう言われて、写真なら防通校で写してくれたのを送ってあるのになぜだろう、と理由が判らなかったが、あとで先輩に尋（き）いた話によると、実施部隊勤務になったから戦死したときの遺影用なのだそうだ。

朝食後、私と藤田は所定時刻に衛兵所へ出向いて上陸許可証をもらい、足早に隊門を出た。歩いて行くにつれて民家のあいだから桜島が見え隠れしてきた。一刻も早く海辺に立って雄大な桜島を眼のまえにしたかったが、そのまえに先任下士官に言われた写真撮影をしておかなければならなかったので、まず写真館を探し歩いた。

小さな写真館の撮影室へ入ったとき、私と藤田はどちらからともなく、

「一緒に撮ろう」

と言い出して、そうすることにした。

いま写真帳を開いてみると、藤田が椅子に坐り、私は彼の左側の肘掛けに腰をおろして右手を彼の肩に乗せている。

その傍に防通校で撮ったのが貼ってあるが、較べてみるとわずかのあいだにすっかり娑婆っ気の抜けているのがよく判る。

そのあと、二人で鹿児島湾へ行き、海辺に立って眼前に聳える桜島を見上げた。

薄い噴煙を棚引かせている桜島は、ゆったり構えていて、そののんびりした情景に見惚れていると、戦争をしていることが不思議に思えてくる。

この日は貴重な一日であるから、隊内での生活を忘れて、思い切り娑婆の空気を吸っておこうと、終日町中を巡り歩いたが、現在戦時体制下にあるこの町のどこにも切迫感は窺えず、むしろその物静かな雰囲気に呑み込まれて、私たちはいつか実施部隊にいる実感が稀薄になっていった。

その日から数日後に、びっくりすることが起こった。

深々と冷え込んだ夜が明けて、戸外を見ると牡丹雪が降っていた。

幻覚かと疑い、眼を凝らして見詰め直したが、やはり降雪に違いなかった。

防通校の衛兵所で、

「貴様らは、南へ行くのだから短外套は返却しろ」

と言われて取り上げられたとき、

（鹿児島だって冬は寒いだろう）

まだいちども着たことのない二列に並んだ五つ釦の恰好いい半外套を手離したくない思いがあって、咄嗟に心の中でそう反駁したのだが、それが的中したことで地団駄踏んだ。

搭乗員にもらった写真

二月に入ると、彗星艦爆の降爆訓練はいっそう激しさを増し、九〇機練はいつか飛ばなくなってしまった。

私は落胆したが、それでも今日は飛ぶか、今日は飛ぶかと密かに期待して、非番のときにはかならず飛行場へ足を運びつづけた。

そんなある日、待機場所に見たことのない機種がいた。彗星より大きくてすらりとしている。

私は、その恰好よさに見惚れていると、

「若、呆んやり突って立ってなにをしている」

突然、背後から声をかけられて振り向くと、飛行服姿の搭乗員が二人立っていた。

私は、あらためて敬礼してから、

「彗星しか知りませんので、なんだろうと思って見ておりました」

「そうか。あれは俺たちの機で彩雲という偵察機だ」

私が興味を持っているのを察したらしく、その搭乗員は、

「乗せてやるから、ついてこい」

そう言うと、もう一人の搭乗員を促してさっさと歩いて行った。

私は、本当に乗せてくれるのかと、胸を躍らせてあとを従いて行った。

飛行場の隅の彩雲偵察機が待機している場所へ行くまでのあいだに、

「若は、予科練希望だったのか」

と質されて、これまでの経緯を説明した。

「そうか。だがその中佐の監督官がいくら好意的に計らってくれても、防通校も七〇一空もそんな付帯条件を考慮するはずはない」

私はそのとき、多分夢破られた落胆が顔に出たのであろう。

「艦爆の偵察員は、無線通信のほかに航法や旋回機銃操作、ときには写真撮影もやらねばならんから電信技術だけではだめだ」

そう否定しておいて、

「だが、この彩雲は操縦、偵察、電信の三人乗りだから、若でも乗れないことはないが、おれらは七〇一空所属じゃないんでなあ」

どうにもならんと断わっておいてから、せめてものことと思ってか、私を最後部の狭い電信席に乗せてくれた。

二人の搭乗員も操縦と偵察席に入って三人並んだとき、私はこのまま列線に出て飛び立ってくれないかという思いに駆られた。だが、実際はそうはゆかず、

「降りろ」

と声をかけられて、夢想から醒まされた。手を貸してもらって翼伝いに地上へ降り、礼を述べて帰りかけると、背後から、

「若」

と呼び止められて、

「こんどどこかで会ったら、貴様の夢を叶えてやれるかも知れんから、俺たちのことを覚えておけよ」

そう言って、写真を二枚くれた。もう一人の搭乗員もそれに倣ってやはり二枚くれた。宿舎へ戻ってよく見ると終始相手になってくれた搭乗員の写真は、いずれもダグラス輸送機の側面に立ったものと乗降口に腰掛けて撮ったもので裏に万年筆で、

上飛曹　石森昇之助
偵察第三飛行隊第五十一分隊先任下士官

と書いてあった。

もう一人の、言葉寡ない搭乗員のは、七ツ釦の一種軍装で同期生と二人で撮ったのと、どこの基地でだか判らぬが、飛行服姿で腕を組んで微笑しているのとの二枚であった。裏に署名はないが、確か石森上飛曹が、山田一飛曹と呼んでいたと記憶している。

翌日、早朝からの当直が終わって昼食を摂り、食器類を烹炊所に片付けに行った帰途に飛

行場へ行ってみたが、昨日の待機場所に彩雲のすがたはなかった。

あの写真は、石森上飛曹と山田一飛曹が憶えていてくれと希ってくれたのかも知れない。

もうひとつの国分基地

二月十一日に航空艦隊の編制替えが実施され、中国、四国、九州地区の各航空隊を統括する五航艦（第五航空艦隊）が新設され、七〇一空も麾下に入った。

そして十四日夕刻、司令長官に親補された宇垣纏中将が大隅半島の中程にある鹿屋基地においた司令部に到着した。

この新設の五航艦は、西日本防衛を担当任務として九州に展開し、米軍の本土進攻作戦のうちもっとも公算大と思われる沖縄上陸作戦に備えて、機動部隊を攻撃する訓練を進めることになったのだが、私たちはそんなことは知る由もなかった。

ついでながら、このとき敵の進攻に対して、まだ錬成なかばの飛行機を従来の航空戦に当てても成算がない、と判断した軍令部は、

「現状では、特攻以外に戦法がないと考える」

旨を五航艦に内示した。

着任早々の宇垣長官も、

「未熟な技倆の搭乗員をもってしても戦果を期待し得る特攻を、全面的に採用する」

ことを考えていたところだったので、中央統帥機関の作戦参謀と五航艦最高指揮官との意

見は、期せずして一致したという。

　こうして昨年十月末にフィリピン戦場で一航艦大西中将と二航艦福留中将とによってはじめられた特攻戦法は、本土決戦においても採用されることになるのであるが、私たちは、このときまだそんな切羽詰まった戦況を知らないでいた。

　先任下士官から、

「わが七〇一空は、新編成された五航艦の麾下に入った。今日から五航艦からの発信受信電報を漏らすな」

　そう厳命されて、五航艦の略号は〈５ＡＦ〉であることを告げられた。

　これで、注意する主な略号は、

・聯合艦隊〈ＧＦ〉
・航空艦隊〈ＡＦ〉
・航空隊〈ｆｇ〉
・艦上戦闘機〈ｆｃ〉
・艦上爆撃機〈ｆｄ〉
・艦上攻撃機〈ｆｏ〉

となった。

　七〇一空の五航艦編入が発表された翌日、関根兵長から、

「貴様らは、数日中にわしらと一緒に山の上の第二国分基地に異動することになるから、そ

の心算でいるように」

　申し渡された、

（国分に二つ基地があるのか）

　私たちは初耳だったのでびっくりした。

　たしか、防通校では、

「七〇一空、鹿児島県国分基地」

　と命じられたはずで、

「第一国分基地」

　とは言われなかったから、その後に新設されたのであろう。

　それにしても、国分、串良、鹿児島と分散されているうえに、さらに第二国分（二国と称した）も加わるとなると、七〇一空は五航艦のなかで最強の航空隊に違いない。

　そこに配属されたことは幸運であると同時に、隊員であることを誇りに思った。

　新設の二国へ配置換えになるのは、私たち通信員三名だけで、暗号員の二名は串良行きになった。

　防府から五人一緒に出立して、はるばる南九州の国分までやってきたのに、わずかひと月足らずで離れ離れになろうとは、思ってもみなかった。

　最初の外出がたまたま一緒だったことから、二人で写真を撮った藤田と別れるのは辛く、寂しかった。

山上の第二国分基地

松林と畑の中の基地

出発の日、藤田と矢部は朝食をすませると、荷物を収納した衣嚢を担いで串良へ向かった。

私たちは午後だったので、藤田と矢部を見送ったあと荷物の整理をすませ、一国では最後になる食事の配膳と後片付けを終えてから、原口先任下士官はじめ先輩たちに挨拶して回った。

無線壕の通信室へ行った帰りに、もしやと思って飛行場へ行ってみたが、やはり彩雲はいなかった。

関根兵長と私たち三人は、二国の烹炊所へ食糧を届ける軍用貨物自動車(トラック)の荷台に便乗させてもらって出発した。

途中、日当山(ひなたやま)という温泉地の大正館という旅館に立ち寄ったので、私たちは用事がすむまで降りて休憩することになった。

大正館は木造総二階の巨(おお)きな旅館だった。

座敷へ通されてお茶を喫(の)んでいるとき、

「この大正館は、海軍の指定旅館、集会所になっている」

関根兵長は、真面目に説明したあとで、

「この日当山温泉には慰安所もあるぞ」

頬笑みながらそう付け加えてくれたが、満十五歳になったばかりの私には、このときまだなんのことか解らなかった。

やがて、主計兵が出発を告げにきたので、私たちは席を立ち、部屋へ通されたときの長い廊下伝いに玄関へ戻り、大正館を出た。

まだ外泊する入湯上陸には早い時刻だったし、一般の人たちはこの非常時に湯治や宴会などは贅沢視されていたから、温泉街に人影はなく、ひっそり静まり返っていた。

日当山温泉からさきはまだ道路が整備されていなかったので、揺れがはげしかった。

十三塚原という台地に登り詰めて揺れが治まり、松林の中に粗末な掘立小屋が見えたと思ったら、そこで車が停まった。

「あれが烹炊所だ。ここで降りるぞ」

そう言いながら、関根兵長が荷台から飛び降りたので、私たちも衣嚢を担いでそれに倣った。

二国に到着したというのに、烹炊所という建物のほかにはなにも見えなかった。

「ここからは歩きだ。わしについてこい」

関根兵長は、勝手知ったる山の道とばかりにさっさと歩いて行った。

私たちは途中で降ろされたのだと思い、松林の中の小径を関根兵長のあとにつづいた。

前方が明るくなって視野が展けると、そこは一面畠だった。

冬枯れでなにもない土だけの拡がりの隅のほうに、土を盛って太い青竹を差してあるのが五、六ヵ所見えた。

はじめて眼にする光景であった。

みんなで、

「なんだろう」

と不思議がっていると、関根兵長が、

「あれは甘藷を貯蔵している室だ。鹿児島はむかし薩摩国といったからここでは薩摩藷とは言わない。唐藷（からいも）と言うんだ」

藷の室の説明に留まらず、唐藷ということの謂（いわ）れまでも教えてくれた、

（この人は、群馬県出身だといっていたが、面倒見のいい心の優しい人なんだ）

私は、関根兵長をそう評価した。

通信班の面々

畠のさきはまた松林になっていて、そのなかをしばらく行ったところに私たちの居住する通信員宿舎があった。

関根兵長は、室内に三人いたなかの長身で円形太縁眼鏡をかけた人のまえに立つと、挙手の礼をして、

「ただいま戻りました」

と報告した。

「おお、ご苦労じゃった」

その人は、右袖に下士官の最上位である上曹（上等兵曹）の階級章をつけていた。

私は、咄嗟に、

（先任下士官だ）

と察した。

私たちが、一人一人挙手の礼をして着任の報告をしたあと、関根兵長が紹介してくれたところによると、その人はやはり先任下士官の塚田という上曹で、通信班の班長であった。

「よし。貴様らはこれから関根兵長の引率で電信室へ行き、そのあと基地内を回って関係各所の位置を覚える。ここでの生活や当直は一国とおなじである。今夜は貴様らの歓迎会をやる。おわり。かかれ」

歓迎会と言われて、私は一国での鉄拳と精神棒を思い出してぞっとした。

宿舎にいた木村上水（上等水兵）と鈴木上水が、当直交代で私たちと同行した。

おなじ松林の中のすぐ近くに搭乗員宿舎があったが、居住している気配はなかった。

そのさきが基地司令部だったが、中枢だけに分厚いコンクリート造りの堅牢な地下壕であった。

内部は勝手に立ち入れないので不明だが、暗号員はここにいて、宿舎も厳重に隔離されているという。

私たちは、機密電報を受けても暗号文なので内容は判らないが、暗号員は解読するのが任務だから〈軍極秘〉という最高の機密も知り得るわけで、立場上箝口令(かんこうれい)を布(し)かれ、監視下におかれて拘束されるので、気の毒であった。

整備員宿舎や一般兵舎は、ここからかなり離れたさきの松林のあちこちに点在しているそうだが、直接関係ないのでまたのことにして真っ直ぐ電信室へ行く。

電信室は、ここもまた一国とおなじ飛行場近くの地下壕にあった。

七〇一空司令が、麾下各飛行隊に指示命令するのに必要なあらゆる状況を蒐集する重要な情報室だから、司令部とおなじ分厚いコンクリート造りの堅牢な地下壕になっていて、潜っていても電波を発信するから敵機に探知される危険に晒されているので、二五〇キロ爆弾の直撃にも充分堪えられる構造になっているという。

私たちは、この基地のなかでもっとも安全な場所にいるということになるわけだ。

電信室には、三名が当直していた。

おなじ階級だが、関根兵長よりすこし先輩の中條兵長、それに岩上上水と石塚上水であることを紹介された。

軍隊は、年功が幅を利かせる社会である。

公式の場では、もちろん階級が絶対的であるが、非公式つまり日常の勤務や生活の場では、階級ではなく何年軍籍にあるかの序列になる。

つまり、学業なかばで徴兵された学徒士官より練習生出身の下士官のほうが年数が多いし、練習生は海兵団出身の一般兵科より進級は早いが、年数は少ない。

隊内では、

「麦飯の数」

つまり、海軍の飯を何年食ったかという年数が、上下の尺度、評価基準になるのだ。

だから、先輩たちを階級で紹介されても、それがそのまま序列であると鵜呑みには出来ないのである。

牢名主のような存在の塚田班長は、通信員を管理監督する立場にあるのだから別にして、実務は中條兵長が次席になるようであった。

たった一本の滑走路

宿舎へ帰る途次に、飛行場へ回ってみて驚いた。

舗装した滑走路が一本しかなかった。

もう一本造ろうとしたらしく縄張りの跡らしきものはあったが、取り止めにしてしまったらしい。

粗末な小屋のような戦闘指揮所と、飛行場の外れに対空射撃用の掩体壕（えんたいごう）のようなものがあるだけの二国は、一国を現在の国際空港に譬（たと）えれば地方空港のそれより遙かに劣っている。

それに、先刻見て回ったところでは、一国のように諸設備も合理的配置ではなく、松林の中に隠すようにばらばらに置かれていて、基地を区画する囲いもなく、どこからどこまでが二国基地の内部なのか漠然として纏まりがないところなど、いかにも急造基地であることが看(み)て取れた。

ここは七〇一空麾下の飛行隊が使用するはずだから当然艦爆基地で、一国のK一〇三の併用なのか、それとも別の艦爆隊がやってくるのか、まだなにも判っていなかった。

一国も降爆訓練機以外は敵影もなく、戦場とは思えぬ平穏な実施部隊であったが、ここ二国は町から遙かに遠い山の上だけにさらに静謐を保っていて、夜空の星が美しく、戦争の最中であることをふと忘れることがあった。

戦局急迫と七〇一空再編

だが、このころ、私たちの知らないところで太平洋戦線は、一方的に押しまくられ、防戦一方に転じて戦局は緊迫していたのだ。

まだ防通校の練習生だった昨年六月十五日に、現在は観光地になっているマリアナ諸島のサイパン島に上陸され、七月七日に守備隊全員玉砕して失陥。住民一万人が犠牲になって死んだ。

その間、サイパン島奪回の攻防を賭けて六月十九日にマリアナ沖で艦隊同士の決戦が行なわれたが、空母三隻、航空機四百三十機を喪って惨敗した。

そして、十月十二日からの台湾沖航空戦のあと、二十四、二十五日にレイテ沖海戦が行なわれたが、空母四隻、戦艦三隻ほか二十六隻の艦船を喪い、この時点で聯合艦隊は事実上壊滅状態になってしまった。

　このとき、米軍のフィリピン侵攻を阻止するために、大西瀧治郎中将率いる一航艦二〇一空のS三〇一、S四〇五、S三〇六、S三一一の零戦隊と、福留繁中将率いる二航艦七〇一空のK一〇二、K一〇三の九九艦爆隊、K五の彗星艦爆隊が史上初めての特攻戦法を命ぜられて、生還のない攻撃に飛び立ったのであるが、防戦仕切れずにフィリピンを奪還されてしまった。

　このときの二航艦七〇一空が、私たちの配属された国分基地の五航艦七〇一空なのであるが、K一〇二、K一〇三とも壊滅状態になってしまったので、K一〇二は千葉県香取基地で、K一〇三は国分基地でそれぞれ再建することになった。

　K一〇二は、香取基地で再建すると、十二月十日、七〇一空から外されて一航艦七六一空に編入され、再び台湾に進出した。

　このとき米軍は、十五日にフィリピンのミンドロ島に上陸し、年が明けるとこんどは台湾や南西諸島に来襲した。

　そして、九日にルソン島に上陸を開始すると、翌十日にマッカーサー元帥率いる本隊が西部のリンガエンに上陸した。

　K一〇二は、旭日、新高、忠誠の特攻隊を編成すると、一月から五月にかけてフィリピンのスリガオ海峡、イバ沖、ミンダナオ海峡、リンガエン湾、台湾台東(タイトン)沖、沖縄島周辺、宮古島、石垣島南方、種子島東方、慶良間列島周辺などの敵機動部隊に体当たり攻撃を繰り返して全滅した、という。

私が国分に赴任したとき、すでに台湾に行ってしまっていたK一〇二のことはまったく知らなかったし、ここに記述した消息も、最近の取材で判ったことである。

いっぽうのK一〇三は、海兵七十二期石坂美男、坂田明治、藤田春男中尉に残留させた錬成教程中の十三期予備学生、甲飛十一期、乙飛十七期、特乙飛一、二期の総勢百余名を預けて、猛訓練させていた。

そこへ、七〇一空の幹部らとともに十名足らずの生存搭乗員が還ってきたのである。

それから二ヵ月後に、私たちは赴任したのであるが、箝口令が布かれていたのか、それとも帰還隊員が残留隊員の一割にも満たぬ少数だったためか、もしまだフィリピン戦がつづいていたら、私たちは、遙か遠い南方基地で特攻戦法を展開している航空隊に配属されたかも知れないなどとは露知らず、その猛訓練の様子から察して、七〇一空は新規に編制された航空隊だとばかり思い込んでいた。

私は二国へきてみて、飛行場に機影がなく爆音もきこえないのを不思議に思っていたのだが、実は、編成替えで新たに七〇一空の麾下に入ることになっている香取基地のK一〇五彗星艦爆隊の到着が遅れていたのだった。

調査したところによると、K一〇五は昭和十八年（一九四三）七月に千葉県木更津基地において編成された五〇一空艦爆飛行隊で、その年十月にラバウルに進出して、翌年早々からトラック、マーシャル、ペリリュー、ダバオなどの南方戦線で活躍したのちにフィリピンに転進、二〇一空の指揮下に入って十月二十五日の特攻出撃に参加した。

保有機の大半を喪ったK一〇五は、再建で香取へ戻り、終結した引き揚げ組に十三期予備学生が加わり、隊長北詰實大尉（海兵六十九期）、分隊長伊藤直忠大尉（同七十期）、梅田章大尉（同七十期）を中心に再編成されて、利根川に浮かべた小舟を標的にしての降爆猛訓練に入った。

そして二月、七〇一空に編成替えになり、国分への移動準備中に関東地区へ敵襲があって〈捷三号作戦〉が発令されたために、足止めされたのであった。

猛訓練始まる

歓迎会で聞いた『田原坂』

私たち三人が一国から赴任してきたときに、先任下士官の塚田班長から、

「今夜は貴様らの歓迎会をやる」

と告げられたので、一国での入隊祝いを思い出してぞっとしたのだが、案に相違して鉄拳や精神棒ではなく、当直者には気の毒だったが飲めない私たちを出汁(だし)にして言葉通りの歓迎会をひらいてくれた。

酒宴が盛り上がったころ、塚田班長が得意にしているという民謡『田原坂(たばるざか)』を唄った。

「練習生のときは軍歌ばかりだったろうから、今夜は娑婆の歌を教えてやろう」

そう言って、この田原坂というのは熊本市の北方にある西南戦争の古戦場で、西郷隆盛(さいごうたかもり)が政府軍と死闘して敗れたところだが、悲壮な最期を遂げた西郷を偲んでその攻防を詞にしたものだと説明してくれたあとで、酒宴の席ではかならず唄うという この十八番(おはこ)を得意の咽(のど)で披露してくれた。

私は、塚田班長が豪快に唄ってくれた、この『田原坂』を現在(いま)でもよく憶えているが、『日本民謡集』と突き合わせてみると、最後の一節が替え歌になっていた。

西郷隆盛は　話せる男
国の為なら　死ねと言うた

おそらく塚田班長は、酒席の盛り上がった雰囲気を毀(こわ)さぬように配慮しながら、さり気なく部下の士気を鼓舞するために、詞の終節をそう替えて励ましたのであろう。

彗星飛来

私たちが、二国での当直割にようやく慣れたころ、彗星艦爆が大挙して飛来した。二十数機だったのだが、しばらく機影を見なかったところへ一挙にやってきたのだから、圧倒された思いだった。

噂にきいた香取のK一〇五だったのだが、いったん一国に集結して、七〇一空司令、副長、飛行長三役の訓示を受け、K一〇三飛行隊員とも融合してから与えられた住処（すみか）にやってきたのだそうだ。

このとき私たちは、七〇一空のK一〇三、K一〇五両飛行隊が、五航艦司令部から別称〈菊水部隊彗星隊〉と命名されたことを知らされた。

それからというものは、山の上の二国と海に近い町中の一国とで同時に急降下爆撃の猛訓練が開始された。

それは、地元で軍艦島と呼ばれている鹿児島湾の沖小島を敵艦と見立てたK一〇三飛行隊と、二国の飛行場そのものを敵空母と仮想したK一〇五飛行隊が、それらの目標を目がけて極限まで急降下する猛訓練であった。

私は、日中の当直が終わると、宿舎へは戻らずに飛行場へ足を向けて、わがK一〇五飛行隊の訓練の様子を見に行った。

そんなある日、上昇、降下を繰り返す彗星を飽かずに眺めているところへ、

「若（じゃく）、飲め」

背後から突然声をかけられて振り向くと、一人の搭乗員がサイダーを突き出しながら微笑して立っていた。

私は、芝生に坐ってサイダーを飲んだ。

そのとき、横に寝転んだその人の話によると、上昇、降下、反転急上昇、そして急降下の攻撃訓練を繰り返していると、急激な気圧の変化と重力の加圧のために、眼球は飛び出るほ

どに痛んで充血し、鼻の粘膜が破れて血が垂れ流れ、思考も混迷するほどの重圧を受けるという。

さらに、

「イチョウがえし」

といっていたが、秋になって銀杏（いちょう）の葉がひらひらと舞い落ちる風情をいうのではなく、急降下の速度で内臓が圧迫され、胃と腸が入れ替わるような突き上げのことで、胃の内容物が食道を経て口腔へ逆に押し上がってくる。

搭乗員が機中で催した糞尿の処理は、持参した牛の膀胱袋に収納して、海上へ出てから投棄することになっているのだが、その使用も間に合わず、咄嗟に履いている半長靴を脱いでそのなかに吐瀉物を受けるのだそうだ。

地上で眺めていると恰好いい急降下も、搭乗員にとっては死の苦しみだったのである。

翌日、関根兵長と一緒の当直割になって、電信室へ向かう松林の中を歩いているとき、私はふと、昨日サイダーをくれた搭乗員から聴いた話を思い出して、

「昨日、艦爆の降爆訓練を見ました。搭乗員が見えるところまで降下してくるのには驚きました」

「うむ。引き起こし高度が低くなっているし、いつもより凄い訓練をやっている」

関根兵長も、いつもとは違う猛訓練をやっていることを認めていた。

なぜ、そんな猛訓練に明け暮れているのかについては関根兵長も知っておらず、まして私

になど判るはずもなかった。

全員特攻命令拒否

あとで聴かされたことであるが、実はこのときすでに米機動部隊は硫黄島を攻撃中であった。

「米軍の次の目標は沖縄だろう」

と想定した聯合艦隊司令部は、鹿屋の五航艦司令部に対して、沖縄来寇を阻止する、

〈菊水作戦警戒〉

を発令した。

五航艦司令部では、宇垣長官が、

〈米機動部隊を迎撃するには、フィリピン戦でもっとも戦果を挙げた特攻戦法のほかなし〉

と決断し、麾下各航空隊司令を招集して、

「沖縄を死守するには特攻戦法しかない」

旨を伝え、

「各飛行隊全員特攻」

を命じた。

七〇一空司令木田達彦大佐は、国分基地に戻ると、副長宮内七三中佐と飛行長江間保少佐を呼んで、宇垣長官の命令を伝えた。

そして、K一〇三、K一〇五両飛行隊を沖縄来寇阻止の菊水作戦に因んで、

『神風特別攻撃隊、菊水部隊彗星隊』

と命名することにした。

航空艦隊のなかで比較的練度の高い五航艦は、機動部隊を目標（ターゲット）にすることになったので、七〇一空の国分基地ではK一〇三、K一〇五ともにさらなる猛訓練が開始された。

フィリピンでの特攻作戦を体験していた江間飛行長は、特攻の体当たり戦法については否定的であった、

（機材も惜しいが、それよりなにより長時間かけて鍛え上げた搭乗員を喪うのはもっと惜しい）

熟練した人材を、ただ爆弾を抱いて体当たりさせるだけのことで喪うのはもったいない、という考えからの批判であった。

フィリピン戦で使用した九九式艦爆は、一二〇〇馬力、最高時速四二八キロ、爆装は二五〇キロ×一、六〇キロ×二だったが、現在保有している彗星は、一三四〇馬力、最高時速五五二キロ、爆装は八〇〇キロ×一である。

これほどの高性能機と、鍛え上げた添乗員たちは繰り返し活用してこそ効果が上がるのであって、一度限りの体当たり攻撃で喪うなんてとんでもない、と考えたのであろう。

K一〇三飛行隊員と、香取から到着したばかりのK一〇五飛行隊員を集合させた、七〇一空全飛行隊員のまえで、木田司令が戦況を詳細に説明して、

「全員特攻」

を命じ、宮内副長が、

「こたびの作戦行動に移るについて、七〇一空のK一〇三、K一〇五飛行隊を『菊水部隊彗星隊』と命名する」

と発表したあと、江間飛行長が指揮官として具体的攻撃方法の説明に入った。

だが、その内容は、聴く者の耳を疑わせる発言であった。

「特攻といっても、体当たりするだけが能ではない。効果を考えれば、まず爆撃することだ。体当たりはそのあとで考えればよい。命中させる確信があれば、爆弾を投下して還ってこい。そして、再度出撃せよ。爆撃に確信が持てないときには、体当たりを決行せよ。体当たりなどはどうしてもだめなときだけだ。とにかく、爆撃でやっつけて還ってこい」

江間飛行長は、そう言い切ると、これまで引き起こし高度を八〇〇メートルから六〇〇メートルに下げて訓練を重ねてきていたのを、さらに四〇〇メートルまで下げて、必中を期すよう指示した。

この江間飛行長の発言は、誰が聴いても異例の命令であった。

宇垣長官は、

「全員特攻隊となって、体当たり攻撃せよ」

と命じているのに、

（体当たりなどは、下策の下策だ）

と艦爆乗りの信念を披瀝して、反論したのだ。

軍隊は、上官から無理難題を押し付けられても、否は許されず、

「ご無理ごもっとも」

と命令を甘受しなければならない。

「絶対服従」

の社会なのだから、この江間発言を疑問視する向きもあろうが、これについては生存隊員の証言があるのだから、事実であることは間違いない。

江間飛行長の信念

では、この命令違反ともとられかねない江間飛行長の言動を、司令も副長もその場に立ち合っていながら、なぜ黙視したのだろう。

海兵五十期の司令木田達彦大佐は、航空通信出身で飛行隊長の経験なく、海兵五十六期の副長宮内七三中佐は、開戦時には鹿屋空雷撃隊の指揮官であったが、直接指揮を執らなくなってから久しかった。

そこへゆくと、海兵六十三期の飛行長江間保少佐は、昭和十一年（一九三六）三月の卒業以後一貫して飛行科のコースを進み、開戦半年後の珊瑚海開戦のときは空母瑞鶴（ずいかく）の艦爆隊分隊長であった。

フィリピン戦には、七〇一空飛行隊長としてＫ一〇二、Ｋ一〇三両飛行隊を率いて参戦し

た。

二航艦司令部から特攻隊編成を命ぜられる三日まえの総攻撃に九九式艦爆三十八機を率いて出撃したが、グラマンの迎撃で燃料タンクを貫通されて火を噴き、錐揉み状態になった。

必死の回復操作で水平飛行に復元させたときは高度九〇〇メートルまで落ちていた。

火は風圧で消えたが、噴出した燃料が横殴りに吹きつけて、多量に吸い込んだ後部座席の偵察員吉川啓次郎少尉が呼吸困難に陥り、昏睡状態になったため基地との交信ができなくなった。

辛うじて帰投出来たが、固定脚の車輪がパンクしていたために着陸と同時に転覆してしまった。

整備兵が総がかりで引き起こしたとき、操縦席と偵察席のあいだに機銃の不発弾が突き刺さっているのが発見されたというから、まさに危機一髪のところであった。

それだけではない。点検した整備分隊長は、

「理論上は飛行不能の状態であり、どうして錐揉みがなおり、水平飛行が出来たのか解らない」

と不審顔だったという。

歴戦の勇士、熟練搭乗員は単に技倆だけはなく、運も呼び込むようである。
二、三年まえに現場を上がって管理職に転じている司令と副長には、百戦錬磨の現場指揮官の合理的発言を、抑えるだけの威厳も説得力も持っていなかったのだ。

この江間飛行長の発言は重い。

ひとたび軍人を志したからには、当然死ぬことは覚悟している。

だが、その死がいつくるのかは、漠としていて誰にも判らない。

人は、自分の死期を知ることが出来ないから、のんびりしていられるのであって、それが判ってしまえばとても平静な精神状態ではいられないだろう。

飛行機乗りは、艦船勤務者よりも死を身近に感じていた。

傍にいたから判るのだが、飛行機はどの機種も故障が多かったから、たとえ訓練飛行であっても朝食時に仲間と水盃を交わして、この世の終わりを覚悟した。

とはいっても、特に切迫感や悲壮感があったわけではない。

朝、眼が覚めると、かならず、

(今日は死ぬ)

と思うのだが、しかしまだどこかに、

(かも知れない)

という余裕が潜んでいる。

それが、体当たり戦法の特攻出撃となれば、予め生命の終わりが確実に判るのだ。

出撃日時の発表は、即ち死亡時刻の宣告なのである。

まだ、生後二十年にも満たぬ五体満足の健全な少年が、動揺しないはずはない。

覚悟はしていても、今際の刻が迫りくる恐怖感で精神が錯乱し、苦悩に陥る。

江間飛行長は、少年搭乗員たちをそんな窮地には追い詰めなかった。死に物狂いの猛訓練で培った部下搭乗員たちの伎倆(うで)を信じて、

「必中の確信があれば急降下爆撃せよ。なんとも自信がない場合に限り、已むを得ず体当たりせよ」

と命じたのだ。

少年搭乗員たちは、この江間飛行長の、特攻といっても通常の出撃となんら変わらぬ異例の命令によって、精神的にどれほど救われたか測(はか)り知れない。

戦局急迫

東京大空襲の情報

江間飛行長の温情溢れる方針によって、爆弾を必中させれば十死零生の極限状態を脱して生還出来ることになったので、体当たりとおなじ効果を挙げるために、引き起こし高度を四〇〇メートルに下げる猛訓練に入った。

だが、ようやく体で覚えた六〇〇メートルより、さらに二〇〇メートルも降下させることは、より荷重が加わるから、操縦桿を力任せに引かないと引き起こしが難しく、危険であった。

それも無理に引き起こすと機体が空中分解してしまうし、引き起こすタイミングがずれる

とそのまま地面に突っ込んでしまう、という。

しかし、十死零生の体当たりを免れるためには、なにがなんでも高度四〇〇メートルまで急降下して爆弾を投下し、命中させる高度技術を習得しなければならないのだから、生き残るためにはなんとしても不可能を可能にする懸命の努力をつづけねばならないのだ。

関根兵長が、先日降爆訓練をみて、

「いままでより、引き起こし高度が低くなったようだ」

と漏らしていたのは、このことだったのである。

来る日も、来る日も、爆音高らかに猛訓練がつづいた。

そんなる日、

「東京が大空襲された」

という情報が入った。

その電報は、私たちが受信したに違いなかったが、暗号文なので内容については判らなかったのだ。

塚田班長が、暗号班長から聴かされたという話によると、

「東京は三月九日深夜、グアム、サイパン、テニアン基地から飛来した三百三十四機のＢ29爆撃機に空襲され、十日未明にかけて本所、深川、浅草など下町四〇平方キロメートルを焼夷弾で焼き尽くされ、死者八万四千人、罹災者百五十万人、焼失戸数二十三万戸の大被害を受けた」

のだという。

私たちは、塚田班長の話を聴いて愕然とした。まさか東京が空襲されようとは思ってもいなかった。

私たちは、無差別に民間人を大量殺戮した不法極まりない米軍の遣り口に肚を立てた。

まさに、標語どおりの、

〈鬼畜米英〉

であった。

私たちは、

〈撃ちてし止まん〉

の思いを新たにした。

塚田班長は、私が東京出身なので家族のことを気遣ってくれたが、私を可愛がってくれた祖父が昨年末に亡くなったことで、母と弟は今春、長野の従姉を頼って疎開していた。

そのあと、十四日にこんどは大阪が空襲されて、十三万戸が焼失したという。

私は、

（本土の防衛はどうなっているんだ）

あまりにも呆気なく侵攻されてしまったことが情なく、情報の遅れで後手に回ったのかと思った程度で、このときはまだ物量の差とまでは考えが及ばなかった。

ウルシー環礁の敵機動部隊

つづいて、三日後には硫黄島守備隊が玉砕したという悲報が入った。

硫黄島は、二月十九日に米軍七万五千の軍団に上陸され、守備隊の陸軍小笠原兵団約一万五千五百と海軍二十七航戦南方空陸戦隊約七千五百が必死に抗戦をつづけてきていたが、兵力差は如何ともし難く、防戦いっぽうになってしまった一ヵ月後の三月十七日夜、師団長栗林忠道中将は、

「飽クマデ決死敢闘スベシ　己レヲ顧ミルヲ許サズ」

の攻撃命令を発すると、みずから陣頭に立って抗戦したが、ついに刀折れ矢尽きて二十六日朝、高石参謀長、中根参謀とともに拳銃自決して、守備隊は玉砕した。

この硫黄島を攻略した敵機動部隊がどう動くか、聯合艦隊司令部からの情報が気になったが、それより五航艦司令部としては、十五日にトラック基地の彩雲偵察機から、

「敵機動部隊が、空母十六隻に一千機を搭載した大兵力でウルシー環礁を出撃して北上している」

との緊急電が入っていたので、そちらの動きに神経を尖らせていた。

ウルシー環礁というのは、グアム島の南西、ヤップ島の東にある南北三〇キロ、東西一六キロの環礁で、四十前後の島が連なるという。

私たちは知らなかったのだが、実は五航艦司令部はウルシー泊地にいる敵機動部隊に攻撃をかけて失敗していたのだった。

そのことについて、触れておくと——、
三月初めにトラック基地の彩雲偵察機が、硫黄島上陸援護作戦を終了した敵機動部隊が、ウルシー泊地に帰投しているのを確認した。
聯合艦隊司令部は、直ちに五航艦司令部に〈第二次丹作戦〉を発令した。

一、期日、三月十日。
二、飛行艇一機〇三〇〇鹿児島湾を発進、佐多岬より沖ノ鳥島、ウルシーを通ずる天候偵察を行なう。
三、陸攻四機〇四三〇鹿屋発進、前路警戒を行なう。
四、飛行艇四機〇七〇〇ないし〇七三〇鹿児島湾発進、銀河隊をウルシーまで誘導す。
五、銀河二十四機は佐多岬上空で誘導隊と合同ウルシーに進撃、在泊艦船に対し特別攻撃を行なう。兵装八〇〇キロ爆弾各一個。

つまり、双発の爆撃機銀河二十四機に八〇〇キロ爆弾と増槽二個を抱かせて二式飛行艇に誘導させ、長駆一五七〇浬（カイリ）（約二九〇〇キロ）飛行して敵機動部隊に体当たりをさせようというのだ。「菊水部隊梓特別攻撃隊」と命名されたK二六二飛行隊員は、隊長黒丸直人大尉（海兵六十七期）以下七十二名であった。

待機していた鹿屋基地の搭乗員宿舎入口には、『黒丸一家英霊安置所』と墨書した幟が立てられていたという。

当然、覚悟の出撃ではあったろうが、隊員たちはこの未経験の長距離飛行がどんなに不安であったかは察するに余りある。

自信がなければ成功は覚束ないし、たとえ戦果を挙げたとしても、とても帰還出来る距離ではないから、まさに片道燃料の出撃であったのだ。

梓特別攻撃隊の戦果

三月十日、予定時刻に黒丸隊長機から順次発進がはじまったところへ、トラック基地からウルシーには正規空母一隻しかいないという電報が入り、急遽出撃が中止になった。

この世の最後となった夜を、緊張と煩悶で眠れぬままに過ごして今朝別盃を交わし、観念して出撃したその気勢を削がれた隊員たちは、今夜もまた苦悩と緊張に耐えねばならないのだから、なんとも酷い仕打ちであった。

翌朝〇八三〇、指揮所前に出撃隊員七十二名があらためて整列した。

編成された「梓隊」は、隊長黒丸直人大尉が二十七歳、最年長は冨永喜見雄飛曹長二十九歳、最年少は横山侃昭二飛曹十七歳で、成人三十五名、二十歳八名、未成年二十九名で、半数以上が二十歳までの少年たちであった。

この長距離特攻に使用された爆撃機銀河は、彗星より大型の高性能機で、乗員三名、発動機二基、操縦桿は棒状ではなくハンドル型であった。

発動機は両翼なので視界が展け、油を被ることもない。

単発機なら発動機がある機首先端には、円形の風防で囲まれた偵察員席、その後方胴体上部に操縦員席と電信員席がある。

零戦並の最高速度と一式陸攻並の航続距離を要求（五〇〇〇キロ）され、欲張り過ぎたこの高性能新鋭機は、無理な設計が祟ってであろう、発動機の片方が停止する事故が起こって整備が難しく、また前輪が弱く脚が折れたり、制動装置故障も多かったという。

七〇〇リットルの増槽を両翼下に装着し、八〇〇キロ爆弾を抱いた銀河はさすがに重く、鹿屋基地の長い滑走路をぎりぎり使ってようやく離陸していったという。

鹿屋からウルシーまでは洋上のため中継基地はなく、十時間の大飛行であった。

いかに撃滅を焦ったとはいえ、壮挙というより暴挙というほかはない。

洋上へ出て間もなく、一機が増槽燃料使用不能で鹿屋へ引き返したが、沖縄島の東方海上にある南大東島を過ぎたころから果たして故障機が続出した。

四機が、発動機故障で引き返し、南大東島に不時着大破。

一機が、右発動機故障、片肺飛行で引き返し、宮古島に不時着大破。

一機が、右発動機故障で沖縄に向かい、小禄基地に不時着した。

残る十七機は、中間点の沖ノ鳥島付近で増槽を切り放して、身軽になった。

沖ノ鳥島を通過してしばらく後、一機が発動機故障で後退、行方不明となる。

ヤップ島上空に到達して針路を東に変更したあたりで、一機が片肺飛行になって後退、ヤップ島に不時着した。

ウルシー上空と思われるあたりに到達した十五機は、降下して周辺を隈なく旋回したが、日没後と雨天のため真っ暗でなにも見えなかった。

目標を確認できず、やむなく引き返したのは四機で、うち三機は、ヤップ島に不時着したが、一機は洋上に不時着して消息を絶った。

結局、ウルシー碇泊中の敵機動部隊に闇夜の体当たり攻撃をかけたのは約半数の十四機で、正規空母ランドルフ一隻に損傷を与えただけで、機動部隊を潰滅するにはいたらず、〈第二次丹作戦〉銀河特攻は不成功に終わってしまったのである。


三月十五日に聯合艦隊司令部から、トラック基地の彩雲偵察機情報を報らされた五航艦司令部では、ウルシー泊地を出撃したというこの敵機動部隊が、もし九州方面に来襲するとすれば十八日であろうと想定して、十七日に麾下全航空隊に警戒を発令したから、当然二国の私たちもこの電報を受信していて、電信室はいつになく張り詰めた空気に包まれた。

この夜、二二四五過ぎから、

「敵機動部隊が、南九州東方海上土佐沖、ならびに都井岬東南海域一〇〇浬（一八五キロ）付近に出現した」

ことを伝える電報が続々と入ってきて、私たちはいよいよ戦場に立つのだという思いに囚われた。

敵機動部隊来襲

武者震い

鹿屋から飛ばした彩雲偵察機から、

「敵機動部隊四国、九州に迫りくる」

の報に、五航艦司令部は日付が替わった十八日の〇三〇五麾下全航空隊に対して、

〈第一戦法発動〉

を下令し、その総力を挙げての特攻で敵機動部隊を殲滅するようつけ加えた。

一国の七〇一空司令部から二国のK一〇五飛行隊への命令は、電波管制を布いているため電話で通達された。

電話は電信室におかれていたので、司令部からの伝達は塚田班長が受けた。

司令部からの命令をゆっくり復誦（ふくしょう）する塚田班長の言葉を私たち当直員全員で漏れなく書き取った。それをまた塚田班長が電話で読み上げて、司令部の確認をとった。

五航艦司令部の〈第一戦法発動〉の下令を受けた七〇一空司令部は、K一〇三、K一〇五両飛行隊に非常呼集をかけてきたので、二国のK一〇五もまだ夜の明けぬ暗い飛行場の戦闘指揮所に全搭乗員が集合していた。

私は、塚田班長が電話で受けた木田司令の出撃命令と江間飛行長の訓示を書き取った紙片を握って指揮所へ駆け付け、飛行隊長北詰大尉に手渡した。

私は飛行場からの帰路、まだ暗い松林の中を歩きながら書き取った命令を反芻した。

木田司令は、

「敵機動部隊は、沖縄攻撃のまえに南九州の特攻基地を虱潰しにするものと判断されるにより、機先を制して敵襲まえに空母群を殲滅する」

であり、江間飛行長は、

「われら彗星隊は、昼間強襲の特攻であるが、かならず敵空母に爆弾を命中させて還ってこい。爆弾は一日で出来るが、搭乗員は十年かかる。充分自重して無理せず再挙をはかれ」

体当たりするだけが能ではない、鍛え上げた伎倆を最大限に活用しての通常攻撃で成果を上げよ、との自論を再度部下の搭乗員たちに言い含めている。

私は、電信室への道を急ぎながら、

（いよいよ危急存亡の秋がきた）

そう自覚して、思わず武者震いした。

執拗なグラマンの空襲

朝食をおえて、小野田と二人で烹炊所へ食缶を返しに行った帰りに、松林を抜けて畠の中を歩いていたとき、突然頭上でいつもと違う金属音がしたので見上げると、鳥のような黒い塊りが降下してきた。

「グラマンだ」

まだ見たことはなかったが、敵機はグラマンに違いなく夢中で松林の中へ逃げ込んだ。

襲ってきたのはやはり敵のグラマン戦闘機で、見つけた施設めがけて降下しながら機銃を掃射して反転上昇すると、新手がつぎつぎに舞い降りてきて機銃掃射を繰り返した。

ときおり、流れ弾が近くに飛び込んでくる無気味な音が耳を掠めて恐ろしく、伏したまま身動き出来ず生きた心地がしなかった。

木田司令の判断は適中していて、やはり敵は特攻基地潰しにかかってきたのだ。

敵襲まえにということで、一国から早朝出撃したはずのK一〇三の第一波は、無事に敵機動部隊の上空に辿り着けたであろうか。

敵襲が終わったのを見極めて宿舎に戻ったが、誰もいないので急ぎ電信室へ行った。

私と小野田が戻ってきたのを認めた塚田班長が、

「おお、無事だったか、よかった、よかった」

そう言って、微笑した。

そこで私は、一国を〇六一三から〇六五八のあいだに出撃した第一波のうちの一機から、

「我、空母に突入す。〇八一八」

の打電を受信（キャッチ）したあとに、つづいてもう一機から、

「我、空母に突入す。〇八二五」

おなじ電文で七分あとに打電してきたのも受信したことを知らされた。

搭乗員はみな、懐中時計のような大きなのを首から紐で吊り下げている。鉄道員の時計も正確だそうだが、この航空時計は寸分の狂いもないのだ。しかも出撃時に指揮所前に整列して訓示を受けたあとで、かならず隊長から、

「時計を合わせる」

の指示があって確認するのだから、打電時刻に狂いはない。

一国からの第一波は何機出撃したのか判らなかったが、二機突入したことは確実であった。

私たちは、いよいよここ国分も第一線基地になって、国土防衛の戦闘に立ち上がったことをあらためて認識し、奮(ふる)い立った。

この日、グラマンの波状攻撃は物凄かった。

電信室にいたわずかのあいだにも一回あり、さらに、塚田班長以下先輩たち全員が緊急配備についたため室内が手狭になり、私たち岡崎と小野田の三人が待機を命ぜられて宿舎に戻っていたときにもあった。

宿舎は、松林の中に隠れるように建っているのだが、上空からは丸見えなのか狙い撃ちされた。

大きな金属音とともにバリ、バリッときたとき、私たち三人は居室の中央に塊まって茫然と立ち尽くしていたが、はっと我に返ると窓際に移動してそこに伏せた。

飛行機からの銃撃は角度があるから、襲ってくる方向の壁面を楯にすれば被弾しない、と

教えられたのを咄嗟に思い出しての行動だったのだが、方向は判らず闇雲だったのだから、あとになってぞっとした。

この日の昼食は、非常用の握り飯だった。烹炊所から受け取って電信室へ届けに行ったとき、飛行場で爆音が聴こえていたので帰りに回ってみた。

午前中つづいた敵襲のあと、いつまた仕かけてくるかも知れないその合間を縫って、一本滑走路を一機ずつ慌ただしく出撃していた。

私は、急いで電信室へ引き返すと、先輩たちの誰かが突入電を受信して用紙に書き取るのを、いまかいまかと息を殺して待った。

待つこと久しく、突入電を打ってきたのは一機だけであった。

この日、一国及び二国から出撃したのは二十七機で、うち十九機が還らなかったという。

◇三月十八日の七〇一空の未帰還機

・第一波は、一国のK一〇三で八機十五名。

(操) 野間茂中尉(21) 福知山高商、予備13期

(偵)〈生還〉

敵機闘機と交戦し馬毛島沖に不時着水。

(操)木村潔少尉(23)長岡高工、予備13期
(偵)松原清上飛曹(20)飛練32期
(操)金山一雄二飛曹(20)丙飛16期
(偵)小山康衛少尉(22)長岡高工、予備13期
(操)勝俣市太郎二飛曹(21)丙飛11期
(偵)久保田秀生少尉(22)宇部高工、予備13期
「我空母に突入す〇八一八」の電あり。
(操)葛和善治少尉(22)第二早高、予備13期
(偵)石井隆上飛曹(19)飛練32期
(操)猿渡弘上飛曹(20)甲飛10期
(偵)西嶋忠治上飛曹(20)飛練14期
「我空母に突入す〇八二五」の電あり。

(操) 小網十九雄飛長(20)乙(特)飛1期
(偵) 中川茂男飛長(19)乙飛11期
(操) 岡本壽夫飛長(19)乙(特)飛1期
(偵) 古長正好飛長(19)飛練34期

・第二波は、一国のK一〇三で六機十二名。

(操) 益岡政一二飛曹(24)丙飛14期
(偵) 岩上一郎中尉(23)室蘭高工、予備13期
(操) 湯浅正三上飛曹(25)甲飛9期
(偵) 田島一男少尉(26)飛練5期
「我空母に突入す一三〇二」の電あり。
(操) 市毛喜代夫二飛曹(24)丙飛16期
(偵) 田中精之助少尉(23)早稲田専、予備13期

(操) 山下利之二飛曹 (21) 丙飛14期
(偵) 瀧理吉上飛曹 (19) 乙飛16期
「我空母に突入す一二五八」の電あり。
(偵) 佐々木榮治一飛曹 (20) 甲飛11期
(操) 黒田和三郎飛長 (19) 乙(特)飛1期
(偵) 市川末人一飛曹 (19) 乙飛17期
(操) 小野庄治飛長 (19) 乙(特)飛1期
種子島南方で敵戦闘機と交戦自爆。

・第三波は、二国のK一〇五で五機九名。
(操) 平田博一中尉 (23) 明治専、予備13期
(偵) 野宮仁平少尉 (24) 東京青教、予備13期
(操) 畠中良成少尉 (25) 台中高農、予備13期
(偵) 植村平一飛曹 (21) 甲飛11期

（操）小崎朗上飛曹（21）飛練30期
（偵）〈生還〉
（操）三鬼照一飛長（23）丙飛17期
（偵）小野塚一江二飛曹（21）甲飛12期
「我空母に突入す」の電あり。
（操）藤園勝飛長（19）乙（特）飛1期
（偵）助田義一二飛曹（21）丙飛16期

この日は、K一〇三、K一〇五の彗星十九機のほか、零戦五機、銀河八機が突入した。
米側の被害記録は、
正規空母エンタープライズ、同ヨークタウンがそれぞれ爆弾一発命中
同イントレピッドが一機至近弾で損傷
であった。
戦端が開かれたこの夜は、命ぜられたわけでもないのに、出撃する搭乗員に限らず基地にいる全員が戦闘態勢を自覚して、着衣のままで転寝（ごろね）したが、以後も緊張状態がつづいていた

ので、四六時中着衣のままで過ごす習慣になっていった。

訣別の帽振れ

翌十九日も、昨日に引きつづき九州南東海上に迫ってきている敵機動部隊への攻撃が行なわれた。

二国では、九時半ごろからと、十一時ごろからに分けて出撃した。

長時間当直で電信室へ籠もりきりの先輩たちに、朝食を届けての帰りに飛行場へ回ってみたら、ちょうど菊水紋の幟旗が立てられた指揮所の前で別盃を交わし終えた出撃隊員たちが指揮官の、

「かかれッ」

の号令でそれぞれの搭乗機目がけて早駆けしたところであった。

そのなかに、先日ここでサイダーをくれた人がいたような気がしたのだが、一瞬のことで確認出来なかった。

出撃機は一本滑走路を逐次飛び立って行ったが、私は、定かではないにしろ、サイダーをくれたと思われる人の搭乗機が離陸するとき、略帽を思い切り振りつづけて訣別の挨拶をした。

この日は、早朝にグラマンの来襲があったが、その後二度出撃して行った午前中は平穏に過ぎた。

電信室へ昼食を持って行ったとき、関根兵長が、一次出撃から三機、二次出撃から一機の突入電を受信したことを教えてくれた。

二国からの出撃が終わったころから、次第に雲量が多くなってきていたが、果たして空中状態が悪化して混信が甚しくなり、情況がまったく不明のなかで辛うじて四機からの突入電を拾うことが出来たのだそうである。

この日は、一、二国から二十三機が出撃したうちで、十五機が還らなかったという。

◇三月十九日の七〇一空の未帰還機

・第一波は、一国のK一〇三で八機十六名。

（操）川畑弘保少尉（25）甲飛1期
（偵）柏井宏大尉（26）海兵69期
（操）川口富司大尉（33）乙飛1期
（偵）山下敏平飛曹長（23）甲飛3期
（操）宮下萬次郎上飛曹（24）丙飛3期
（偵）坂田明治中尉（22）海兵72期

(操) 飯塚英一上飛曹 (24) 丙飛3期
(偵) 藤田春男中尉 (21) 海兵72期
(操) 天野一史中尉 (24) 関西大、予備13期
(偵) 千野五郎上飛曹 (21) 丙飛15期
(操) 福西一隆少尉 (24) 青山学院、予備13期
(偵) 出島廣良少尉 (24) 中央大、予備13期
(操) 北村良二上飛曹 (19) 甲飛10期
(偵) 西口速雄飛曹長 (23) 乙飛8期
(操) 上田元太郎飛長 (18) 乙 (特) 飛1期
(偵) 長谷川次郎飛曹 (19) 乙飛17期

・第二波は、二国のK一〇五で四機八名。

(操)関矢忠雄上飛曹(23)乙飛11期
(偵)中村恒夫大尉(23)海兵71期
「我空母に突入す一三〇三」の電あり。
(操)山路博中尉(23)熊本高工、予備13期
(偵)高梨總理少尉(21)拓殖大、予備13期
「我空母に突入す一三三七」の電あり。
(操)山口春一一飛曹(25)丙飛11期
(偵)木村福松一飛曹(19)甲飛11期
中村機と行動を共にし同一目標に突入。
(操)石黒喜八飛長(19)飛練35期
(偵)竹川福一一飛曹(20)乙飛17期
・第三波は、二国のK一〇五で三機六名。
(操)夏目康少尉(23)東京薬専、予備13期

（偵）齊藤幸雄少尉（23）広島教、予備13期
「我空母に突入す一四一七」の電あり。

（操）本田俊勝少尉

（偵）平井一夫一飛曹
敵戦闘機と交戦自爆とあるが、『神風特別攻撃隊戦歿者名簿』に記載なし。

（操）山元當四郎飛長（19）乙（特）飛1期

（偵）大矢武二飛曹（17）甲飛12期

この日は、K一〇三、K一〇五の彗星十五機のほか、銀河五機、彩雲一機が突入した。米側の被害記録は、
正規空母フランクリンが爆弾三発を受けて誘爆を起こし、沈没寸前にまでいたった
同ワプスが爆弾一発を受けて損傷
であった。

強引な攻撃続行

私たち二国の電信室が、K一〇五の突入電を受けたのは四通、米軍は空母二隻が三発と一

発を受けとあるから、打電してきた四機はいずれも命中させたことになる。

その四機のなかに、私にサイダーをくれた人の搭乗機が含まれていたかどうかは、その人の名を知らぬので判りようがなかったが、私は見事命中させたに違いないと信じた。

この日の天候は、出撃後から悪化の一途を辿ってついに雨になった。

こうなると、夜間索敵は完璧を欠くし、通信情報も電波が乱れて各部隊の現状把握が困難を極めたので、五航艦司令部は、二日つづけての出撃で損耗した態勢を立て直させようとして、明二十日の攻撃を中止するよう伝達してきた。

だが、木田司令は、間隔を空けては意気沮喪（そそう）すると考えてか、

「七〇一空は、明日彗星二十機の準備が可能である」

ことを執拗に具申したので、司令部は中止を取り消し、あらためて続行を命じた。

その三日目の夜が明けた。

電信室では、まる二日間不眠不休で頑張り抜いた先輩たちといえども、さすがに三日目ともなると疲労困憊は掩うべくもなく、注意力散漫になるおそれがあるので、中條兵長と関根兵長、それに私たち三人が当直を交代した。

（今日はじめて、彗星に搭載した空二号電信機からの送信を受信出来る）

そう思うと、感情が昂ってきて頰が熱くなった。

早朝に発進した索敵機が、南下して行く敵機動部隊を発見したと報じてきたが、夜中の雨は上がったものの天候は容易に回復せず、焦燥に駆られながらの待機がつづいた。

このまま待機していたのでは機を逸すると判断したのか、司令部はついに出撃することを決定した。

第一波は一国のK一〇三が一二五〇に、二国のK一〇五は第二波で一四二四に出撃した。

この日一、二国から十七機が発進したが、七機が還らなかった。

◇三月二十日の七〇一空の未帰還機

・第一波のK一〇三は、三機六名。

(操) 佐藤甲上飛曹 (21) 乙飛16期
(偵) 森下亮一郎上飛曹 (27) 甲飛4期

(操) 原田幸飛長 (19) 飛練35期
(偵) 中島茂夫飛長 (20) 乙飛11期
「我空母に突入す一五四四」の電あり。

(操) 寺道好美飛長 (18) 飛練35期
(偵) 根上義茂飛長 (18) 乙 (特) 飛1期
「我空母に突入す一五〇〇」の後、長符連送。

・第二波のK一〇五は、四機八名。
（操）熊澤孝飛曹長（25）甲飛2期
（偵）大谷吉雄上飛曹（20）甲飛9期
「空母七隻発見我突入す一七一一」の電あり。
（操）福下良知一飛曹（21）丙飛11期
（偵）谷本七郎一飛曹（21）丙飛11期
（操）宮本才次郎飛長（23）丙飛17期
（偵）槇田利夫一飛曹（19）乙飛17期
（操）生稲康夫飛長（19）乙（特）飛1期
（偵）栗澤榮吉一飛曹（19）乙飛17期
「我空母に突入す一七一〇」の電あり。
この日は、K一〇三、K一〇五の彗星七機のほかに銀河二機が突入した。

米側の被害記録は、

駆逐艦ハルゼイ・ホウエルが空中分解した特攻機の発動機落下により損傷

正規空母エンタープライズは味方誤射により損傷

だけだった。

フィリピン戦で初めて採用した体当たり攻撃以来、米軍の特攻機防御態勢は強化されてゆき、対空砲火の消極策から迎撃、さらには特攻基地襲撃の積極策に転じて、猛烈な反抗を極めてきていたので、おなじ爆弾を抱いての体当たり戦法を繰り返していたのでは戦果を挙げるのが困難になってきていた。

江間飛行長の、

「爆弾を命中させて還ってこい」

の通常攻撃をかけた七〇一空K一〇三、K一〇五の両飛行隊でさえも、この三日間で出撃総数六十七機のうち六割以上の四十一機を喪失し、かけがえのない八十名の若い搭乗員を犠牲にしてしまったのである。

七〇一空の戦闘は、これで終わった。

残存機は、数としては二十六機あっても、いずれも被弾していたり故障だったりで、実戦の役には立たず、また搭乗員も二十日の出撃名簿を見れば、出撃隊員十四名のうち、飛行兵長が六名もおり、年齢は、

二十七歳、二十五歳、二十三歳が各一名

二十一歳が三名
二十歳が二名
十九歳が四名
十八歳が二名

と階級も年齢も下がっているのが判るように、あとは負傷者か疾病者か、錬成中の者ばかりになってしまったのである。

特攻隊員の実像

神格化された隊員たち

十八日から昨日までの三日間で、二国のK一〇五飛行隊はそれまで温存しておいた戦闘力のすべてを出撃させてしまった。

今日も飛行場へ行ってみたが、昨日までの戦場はひっそり静まり返っていた。もはや出撃する彗星の機影もなく、飛行隊の人たちもみんないなくなってしまっていて、指揮所の横で菊水紋の幟旗だけが生きもののようにはためいていた。

私は、体の中を風が吹き抜けて行くような虚しさを感じた。

爆音が聴こえるのは敵機の空襲のときだけで、迎撃機もなく踏み躙られ放題の情況は心細かったが、そのうちに空襲慣れしていつしか恐怖心が薄らいでいった。

そして、毎朝眼覚めたときに、かならず、

（今日は死ぬ）

と覚悟するようになってからは、胆が坐って恐いものなどなくなった。

この時代、戦死者は手厚く扱われ、遺族は名誉になったから、父や兄や夫の死を悲しみを超えて受け入れられた。

ことに特攻隊員は、上官から、

「貴様らは、生きながらにして神である」

と神格化され、二階級特進の栄誉を与えられるから、おなじ戦死でも遺族は肩身が広い。

ところが、出撃したものの、事情があってぎりぎりまで悩みつづけたがどうしても死に切れずに、引き返す者も稀にはあったというが、そんなことをしたらあとがたいへんなのだそうだ。

出撃時に神の格式を与え、二階級特進まで約束しているのだから、帰ってきてしまわれては司令部としても引っ込みがつかない。

その帰投原因が故障ではなく、この世への未練だったと判明しようものなら、全軍の士気に影響することもあって、司令部は見逃すわけにはいかない。

本人だけに留まらず、家族や親戚の者たちも非国民という最大の恥辱を受ける。

噂はたちまち狭い基地の隅々にまで広まり、本人はどこにいっても軽蔑の視線から逃れることは出来ない。

上官の苛酷な仕打ちと、周辺からの批判の眼差しに堪えられず、ついには神経症（ノイローゼ）に陥ってしまう。

そんな仲間の一部始終を傍から見た隊員たちは、こんな屈辱は男子一生の恥と心に決めて、勇を鼓して飛び立って行くのだという。

そんな話を聴いたことがあったが、いまにして思えば、人は肉体的苦痛には堪えられても、精神的苦痛には堪えられないから、その人間の弱点を巧みに利用して、

（こんな屈辱を受けるくらいなら、死んだほうがましだ）

と思い込ませて、勇猛果敢に突進する精神力を培わせたのではないだろうか。

七〇一空の特異な命令

そこへゆくと、七〇一空の搭乗員は、仕合わせだった。

百戦錬磨の熟練搭乗員江間保少佐が飛行長だったから、艦爆乗りの信念を貫いて、

「特攻といっても、体当たりはどうにもならなくなったときの下策だ。艦爆乗りなら必ず爆弾を命中させて帰ってこい。そして、なんどでも出撃せよ」

と部下に命じたのだ。

ある航空隊の飛行長が、特攻の成果が挙がらないのに業を煮やして、見てきたわけでもないのに、

「突入するときに、恐怖のあまり眼を瞑る奴がいる。だから当たらんのだ。ましてや失神す

るなどは搭乗員の名折れだ。体当たりの瞬間まで眼をかっと見開き、目標を睨み据えておれ」

と暴言を吐いたというが、自分でやらないでおいて部下に強要する非現実的な説得力のない発言と、江間飛行長の部下の人格と伎倆を重んじて士気を昂揚する、合理的発言とのあいだには天地雲泥の差がある。

だから、七〇一空の搭乗員たちは、爆弾を命中させれば胸を張って堂々と帰投出来たのである。

もっとも、実際には掩護(えんご)してくれる零戦もなく、五〇〇キロ爆弾を抱えての出撃であるから、途中グラマンの迎撃に遭えば、身重の機体で互角の交戦は出来なかったし、目標の敵空母上空に辿り着けても、間断なく撃ち上げてくる高角砲弾を掻い潜ることは到底至難の業で、目的を達せず無念の思いはあったにしても、万策尽きたことで死を納得したであろう。

三月二十四日から二十五日にかけて、南西諸島哨戒強化で沖縄小禄に巡遣されていたK一〇三の二機が、沖縄各地を猛攻してきた敵機動部隊を攻撃に向かったまま還らなかった。

翌二十六日、敵機動部隊が慶良間(けらま)列島に迫ってきたので、〈天一号作戦〉が発動され、七〇一空はK一〇五隊長北詰實大尉、同分隊長梅田章大尉をはじめK一〇五、K一〇三両飛行隊併せて十八機を喜界島に進出させた。

だが、二十七日の出撃で十機を喪い、三機故障で五機になってしまったので、本隊と合流することになった。

二十九日早朝、五機は国分への帰途に就いたが、種子島南東海上で南九州各基地を空襲に行くグラマン戦闘機群と遭遇して交戦となり、北詰隊長機、梅田分隊長機、それに後藤優一飛曹機が壮烈な自爆を遂げてしまった。

このとき、一国にいたK一〇五の彗星四機がこの機動部隊攻撃に向かったが、うち二機が発見して体当たりを決行した模様であったが、他の二機は捕捉出来ず虚しく帰投した。

こうして、K一〇三、K一〇五両飛行隊は三月十八日から二十日にかけての特攻出撃と、この遭遇戦で隊長、分隊長を喪ってしまったので人事異動が行なわれた。

K一〇五の隊長にはK一〇三分隊長だった本江博大尉（海兵70期）、分隊長には中津留達雄大尉（海兵70期）と渡辺友好大尉（甲飛又は乙飛出身か）が着任した。

特攻隊の中継基地に

こうして、ほとんど空き家同然になってひっそりした二国だったが、四月一日に米軍が沖縄本島に上陸を開始したとの報が入ると、また慌ただしくなっていった。

他の飛行隊が、北九州、中部、それに遠く関東からも飛来して、再点検、再整備に念を入れ、燃料も補給し、万全を期して沖縄へ向かうのだった。

最初にやってきたのは、宇佐空の第十八幡護皇（はちまんごこう）隊、名古屋空の第一草薙（くさなぎ）隊、百里原（ひゃくりがはら）空の第一正統隊で、いずれも艦爆隊だったが、搭乗機は引込脚の彗星ではなく、旧式で固定脚の九九式艦爆であった。

搭載爆弾も五十番（五〇〇キロ）ではなく二十五番（二五〇キロ）であった。

三隊の飛行機が併せて五十機ほど飛来したので、二国の飛行場は賑々しくなった。

私は久しぶりに大挙してやってきた搭乗員たちのすがたを眼にしたとき、捨てたはずの未練がまた頭をもたげてきた。

防府通信学校の練習生教程を卒えて航空隊に配属が決まったとき、

（ひょっとして）

と幽かな希望が現実味を帯びてきて、偵察員への道が展けるかも知れないと思った、あのことである。

赴任した七〇一空の国分基地で、彗星の急降下爆撃猛訓練の合い間に、遠慮がちに飛んでいた九〇式機上作業練習機が、偵察員の航法、無線通信、旋回機銃操作などの練習機だったのである。

「あれが飛んでいるのなら、近いうちに訓練を受けられるかも知れない」

と密かに期待していたのだが、いつの間にか飛ばなくなってしまった。

降爆訓練だけが一段と激しさを増して、基地内は騒然となっていったのである。

そして、あの三日間の特攻出撃で、七〇一空は保有機の大半を喪ってしまったことで、私の希望は泡沫と消えて、断念せざるを得なくなったのだ。

私は、当座落ち込んでいたが、しかし、もし飛行科に合格していたら、まだ練習生教程中のはずだから、実施部隊にいて国土防衛戦に参加しているだけでよしとしよう、と思い直した。

“歴戦の勇士”の動揺

そんなことがあったから、司令部から私たちに飛来した他隊の食事の世話係をするように命ぜられたとき、わずか二十年足らずで生命を断たれる憧れた先輩たちのこの世で最後になる食事の世話が出来るなら、と率先してその役を買って出たのだが、そのことで、他隊の特攻隊員たちの実像を垣間見ることが出来た。

夕食後の食器や残飯を回収に行くと、どの宿舎でも大抵は車座になって肩を組み、高歌放吟して士気を鼓舞していたが、なかで一棟だけ遠くからでもそれと判るどんちゃん騒ぎで荒れている宿舎があった。

その宿舎に入って行くと、なんと全員が上半身裸になっていて、逆立ちをしている者、相撲を取っている者、板壁に体当たりしている者など様々で、いまにも天地が引っ繰り返りそうな大騒ぎの真っ最中であった。

入口の近くで板壁に体当たりをしていた一人が、私を認めると、

「おい、若、ご苦労。貴様一杯やってゆけ」

そう言って、湯呑みを突き出した。

私が、酒は飲めないことを告げると、

「なにッ、酒も飲めねえし、屁も放らねえか。貴様それでも海軍軍人か」

その人は、酔いに任せて執拗に絡んできた。

逃げ出すわけにもゆかず困惑していると、

背後から肩を抱えて戸外へ連れ出してくれる人がいた。

「世話になっているのに、困らせて悪かったな」

その人は、搭乗員でも丙種出身らしく、少年兵より少し年長で、落ち着いていた。

「俺たちの飛行隊は明朝出撃することになったんで、それまでは居ても立っても居られず酒で紛らしているんだ。だから勘弁してやってくれ」

私は、出撃前夜は遺書と遺品を揃えて身辺整理をすませ、心静かに刻限(とき)のくるのを待つのだと教えられていたから、そう言うと、

「そりゃ、特攻隊員は命ぜられるまま従容(しょうよう)として死地に赴く軍人の鑑(かがみ)でなければならないから、貴様らは生きながらにして神であるという殺し文句で縛って、温順(おとな)しくさせられているだけなんだ」

そこで一拍おいてから、その兵曹は、

「だが、俺たちは木偶(でく)じゃねえ、血の通った人間様だ。誰だって明日冥途行きだと宣告されて平静でなんかいられるものか」

そう吐き捨てるように呟いた。

私は、特攻出撃する隊員の本音を聴いて、驚きのあまり声も出ず、ただその大先輩搭乗員の顔を食い入るように凝視(みつ)めているだけであったが、

「俺たちは、追い詰められてあの乱痴気騒ぎになっているんだ。解るか。死を宣告されていない貴様らに判るはずはないが、兎にも角にも貴様ら若は先輩特攻隊員の本当の姿をしっかりとその眼に焼き付けておくんだ。いいな」

そう言われて、私は急に悲しくなってきた。

「俺は南方戦線でなんども死に損なったが、いよいよ年貢（ねんぐ）の納めどきがきて、明日は確実に死ぬとなったら居ても立ってもいられなくなって宿舎を抜け出し、こうして松林の中を彷徨（うろつ）き回っていたんだ」

こんな歴戦の勇士でも、死を宣告されたら動揺するものなのか、と私は唖然とした。

「若、元気で頑張れよ。そして、偶（たま）には俺とここで会ったことを思い出してくれよ。な」

そう言うと、その大先輩は踵を返して、静かに歩いて行った。

私は、明日は神となる人が宿舎に入って行くまで、直立不動の姿勢をとり、挙手注目の礼で見送ったことを、現在（いま）でもはっきりと記憶している。

士官からもらった岩波文庫

また、こんなこともあった。

朝食を届けての帰りに、松林を抜けて畠の中の畦道を歩いていたら、先方から三種軍装に半長靴を履（は）いた士官がやってきた。

入湯上陸（にゅうとう）（一泊外出）の帰りらしかった。

海軍では、上官と出会って敬礼するとき、立ち止まらなくてもいいことになっているので、歩きながら敬礼して通り過ぎようとしたら、呼び止められた。

立ち止まって向き合うと、唐突に年齢を訊かれた。

私が、生年月日を申告すると、

「そうか。貴様たちの二年先輩が出撃するようになったところだから、まだ当分間があるな。それまでにはこの戦争は終わるだろう。平和な世の中になったら文学をやれよ。俺はもう必要なくなったからこれをやろう」

そう言いながら、上着の隠し(ポケット)から小型本を取り出した。

読み古した岩波文庫で、森鷗外の作品集であった。

大切にしていたのだが、終戦のどさくさで紛失してしまい、残念なことをした。

聞いてしまった士官の嗚咽

私はいちど、飛来した隊の士官に楯突いて殺されそうになったことがある。

それは、夜半の当直を終えて一人で宿舎へ戻る道すがらに起こった。

その日の午後までは鬱陶しい天気がつづいていたのだが、夕刻近くになって急速に晴れ上がると、満月に近い大きな月が中天にかかって皓々と夜道を照らした。

私が、松林から漏れる月光を頼りに歩いてくると、どこかから動物が低く唸っているような声が幽かに聞こえてきた。

私は、足を止めて周辺を窺いながら、声のした方向に歩いて行った。

その足音を聴いたのか、黒い影がすっくと立ち上がった。

私は、ぎょっとしてその場で立ち止まった。

黒い影は動物ではなく、人だった。しかも、右手に抜き身が光っていた。

その抜き身を前に出して、

「誰か」

と低声で叫んだ。

私が、挙手をして官氏名を名乗ると、いきなり、

「貴様、俺の態を見たな」

と食って掛かってきた。

私は、返答に窮した。

「正直に言え」

そう言われて、嗚咽を聴いたと告げた。

すると、その士官は間髪を容れず。

「女々しいと思ったか」

と迫ってきた。

私は、

「そう思いました」

　率直に感じたままを口にした。

「なにを吐かすか。上官に対して偉そうな口を利くな。この野郎、叩っ斬ってやる」

　そういいざま、抜き身を振り上げた。

　私は、その士官が酔っている様子だったので、本当に殺されると思って恐怖に戦いた。

　だが、士官は斬りかかってくるまえに、

「貴様は、なんのために生命を懸ける」

　自問するようにそう呟いた。

「家族や叔父叔母、それに幼い従弟妹たちを護るためです」

「国家のために身命を捧げるのではないのか」

「自分はまだ雛でありますから、大層なことは出来ません。命懸けで護ってやれるのはまだそこまでであります」

　士官は、いつか振り上げた抜き身を下ろしていた。

「貴様は、死ぬのが恐くはないか」

「自分の意志で軍人を志願したのでありますから、いつかかならず死ぬことは覚悟しております」

「そのいつかがはっきりしておらんから、そんな綺麗事を言って平然としておられるのだ。明日死ぬと言われてみろ。平常心でいられると思うか」

「自分は、朝を迎えるたびに、あらためて今日は死ぬ、今日は死ぬ、と思いつづけてきておりますから、とうとうそのときがきたかと思うだけであります」

「現実に極限状態に追い込まれていない貴様に、どうこう設問しても所詮模範回答しか出ないから、これ以上は訊かぬが、それにしても雛といえども確かに軍人精神は植え付いておる。よろしい」

いったんは女々しい態度を見られた口封じに、私を殺そうとしておきながら、試問で軍人精神を探ってこんどはよろしいという。

どっちが本心なのか理解に苦しんだ。

士官は、しばらく沈黙していたが、やがてぽつりと、

「俺は、貴様よりはずっと大きな軍人精神を宿しておりながら、久しぶりに月が出て明日は晴天になるだろうと思ったら、急に娑婆っ気が出て里心がついてしまった。醜態を見せてすまなかった」

そう弁解とも謝罪ともつかぬ言い訳をしておいてから、

「しかし、ここで貴様と会ったことで迷いは吹っ切れた。貴様も明日からまた一所懸命訓練に励んで、俺たちのあとにつづいてくれ。いいな、約束したぞ。元気で頑張れよ」

喋りながら、自身で決意を新たにしたのか、朦朧としていた酔眼が消えて、眼光鋭く輝いていた。

踵を返した士官は、松林の中を歩きながら、

明日はお発ちか　お名残り惜しや
雨の十日もネ　降ればよい
ダンチョネ

俺が死ぬときゃ　ハンカチ振って
友よあの娘(こ)よネ　左様なら
ダンチョネ

低く口誦(くちずさ)む士官の声は、だんだん小さくなっていった。

私は、聴きとろうとして耳をそばだてていたが、やがて聴こえなくなってしまった。

雲ひとつない中天に懸かった円(まる)い大きな月は、ますます光り輝いて、天候が回復したことを示していた。

私は、明日出撃するに違いない士官の搭乗機を見送る心算でいたのだが、生憎早朝からの当直割になって果たせなかった。

私たちの七〇一空に所属していたK一〇三、K一〇五の隊員たちは、江間飛行長の方針で特攻といっても通常攻撃だったので、十死零生の緊迫感はなかったが、その後に遠方基地から飛来してきた各隊は、二国からあらためて出撃すれば体当たり攻撃を果たすよりほかなく、どの隊員にも悲壮感が漂っていた。

七〇一空の最後

本隊は美保基地へ

二国が他隊の出撃基地になったといっても、毎日飛び立っていったわけではない。

記録によると、四月一日沖縄本島に上陸を開始した米軍の援護機動部隊を潰滅するため、六日に〈菊水一号作戦〉が発令されて、戦艦大和以下十隻の水上特攻隊が瀬戸内海の徳山沖を出航したその日が最初の出撃であった。

まえに触れた宇佐空の第十八幡護皇隊、名古屋空の第一草薙隊、百里原空の第一正統隊、併せて約五十機の頼もしい出撃であった。

その後は、十二日の〈菊水二号作戦〉、十六日の〈菊水三号作戦〉、二十八日の〈菊水四号作戦〉、五月二十五日の〈菊水七号作戦〉、六月三日の〈菊水九号作戦〉と五回で、六十日のあいだに六回出撃しただけである。

その他隊の出撃と敵襲のあいだに、K一〇五の残留隊員の急降下爆撃慣熟訓練が繰り返し行なわれた。

飛行場の傍の畠を標的にしておいて、高度三五〇〇メートルから約四五度の角度で地上四〇〇メートルまで急降下（ヘルダイブ）する訓練は、実戦そのものの生死を賭けた激しいものであった。

三〇〇〇メートルあまりも降下するのであるから、加速で機体が沈み引き起こしは難しいが、これを習得（マスター）しなくては実際に爆弾を命中させることは出来ない。

突入角度が深過ぎたり、引き起こす瞬間（タイミング）が少しでも遅れるとそのまま畠に激突して、木っ端微塵に砕け散ってしまう。

体当たりならそれでもいいが、生還するためには、四〇〇メートルまで降下したところで標的に爆弾を叩き込むと同時に、搭乗機を反転上昇させるだけの伎倆を身に着けなければならないのだ。

その猛特訓のために、無理な引き起こしで機体が空中分解してしまったり、引き起こし高度まで降下しても反転しないでそのまま地面に激突する事故が起こって殉職者が出た。

こうしたK一〇五隊員の猛特訓も、グラマンの空襲が激しくなり、思うように捗らなくなっていった。

そこで、比較的空襲のすくない山陰地方でじっくり再々建することになり、K一〇三、K一〇五両隊は歴戦の精鋭少数が残り、江間飛行長以下飛行隊長、分隊長はじめ大半の隊員が鳥取県の美保基地へ移動して行った。

あとで聞いた話によれば、美保基地は米子（よなご）から境港（さかいみなと）にいたる境線の大篠津（おおしのつ）が最寄駅だったというから、現在の米子空港あたりであろう。

基地は、日本海の美保湾と中海に挟まれていて、その中海の標的に高々度から模疑爆弾投下の猛特訓で若手搭乗員を錬成しながら、併せて逐次搭乗員と彗星艦爆機の補充を得て、順調に戦力を回復していったという。

島根半島先端の美保関や、美保湾の弓ヶ浜、中海など風光明媚で、皆生温泉も近いときかされて行って見たかったのだが、私たちは二国に残されていたので残念だった。

蚤と虱の攻撃つづく

その二国基地も、六月二十二日の〈菊水十号〉をもって沖縄作戦が終了すると、それ以後は他の飛行隊の飛来が途絶えて、静かになっていった。

この日沖縄では、八十日つづいた戦闘でわが軍は全滅し、第三十二軍司令官牛島満中将は参謀長の長勇中将とともに割腹して果てた。

一、二国基地から特攻機の出撃がなくなると、無駄な攻撃はしないとばかりに、グラマンの空襲がぴたりと止んだ。

だが、いつまたくるか判らぬ敵襲に備えて、厳戒態勢は解かれなかった。

そのため、相変わらず万年床に二十四時間着衣のままですごす毎日がつづいた。

風呂にも入れぬ垢だらけの体に、埃塗れの略服を着たまま交代で仮眠する不潔な状態の宿舎には蚤が生息して、私たちの血液を吸うので痒くて眠れたものではない。

現在はもうそんな話をきかないから、見た人もいないだろうが、体長二、三ミリで胡麻粒より小さいのだが、濃い赤褐色をしているので白い下着には目立って見つけやすい。

けれども、捕えようとすると発達した後脚で素早く跳んで逃げられてしまう。

蚤は、毛布や着衣を叩けば逃げて行くからまだいいが、手を焼くのが虱である。

これも現在はいないから、知っている人は寡ないだろうが、おなじ血液を吸うのに蚤は外部から入ってくるが、虱は肌着の襟の縫い目に潜んで皮膚に寄生するから始末が悪い。しかし、蚤のように跳ねず、動作も鈍いから見つければこっちのもので、親指の爪の上に乗せて片方の親指の爪を重ねて潰せばそれで殺せるのだが、あとからあとから湧き出るように増えるので、とても追い付かない。

私たちは、非番のおりの暇潰しに日和へ出て下着を脱ぎ、縫い目伝いに丹念に探し出す。捕えた虱は、歯磨き粉の入っていた丸型で底の浅い空き罐に収納して作業を終える。いちいち潰さずとも人体から離してしまえば間もなく死ぬから、このほうが手間がかからず効率がいいのだ。

私たちはグラマンの空襲だけではなく、虱や蚤にも悩ませられていたのである。海軍軍人は粋でお洒落(しゃれ)と評価されていたというから、この様子は見られたくないものだ。菊水作戦に参加して、一国から出撃した明治基地二一〇空第三御楯隊の十三期予備学生四人による、『川柳合作』のなかにも、

諸共と思へばいとしこのしらみ

殺生(せっしょう)は嫌ぢゃとしらみ助けやり

不精者死際までも垢だらけ

とあるから、私たちだけでなく、第一士官次室(ガンルーム)といえどもおなじ状態だったようである。

そのあいだに、私たち七〇一空の木田司令が航空本部へ転出になって、新司令に軍令部作戦課作戦班長だった榎尾義男大佐が着任した。木田司令の一期後輩ということだった。

七〇一空は、K一〇三、K一〇五両飛行隊の戦力が徐々に回復して、本土決戦準備態勢に入って行った。

米軍上陸近し

沖縄攻略を支援した敵機動部隊は、いったん南方泊地に戻ったが、再び北上して七月十日には関東沖に迫った。

艦載機が東京など関東方面に来襲したのをはじめ、東北、北海道、四国、九州と広範囲に空襲してきて連絡船が撃沈され、北海道と四国は孤立状態になった。

本土攻撃には艦載機だけではなく、艦艇も加わってきて、釜石、室蘭、日立が艦砲射撃を浴びせられた。

この本土来襲を防衛せねばならぬ航空部隊は、戦力低下と燃料逼迫で温存せざるを得ず、隠忍自重するよりほかなかった。

二国でも、どこからか三十歳を超えていると思われる補充兵が大勢動員されてきて、上半身裸になって松林に入り、汗塗れになって根株を掘ったり、枝を伐採していた。

松林を切り開いてなにかの施設でも造るのだろうかと思っていたが、知り合いの整備員に聴いたところによると、油脂を採取して潤滑油の代用にするのだという。

この整備員とは、以前搭乗員に頼まれて日本酒を届けに行ったことで親しくなっていた。

そのころ、酒保の食品もだんだん不足気味になって、日本酒も毎日搭乗員に優先支給するほかは潤沢に行き渡らなくなっていった。

特攻で十死零生に追い込む搭乗員には未成年であっても浴びるほど与えておいて、他部署の者には事欠くようになったために、成年が多い整備員たちは毒性が強いメチルアルコールを承知で盗み飲み、失明や死亡する事故が相次いで起こった。

失明しただけで危うく一命を取り止めたとしても、官品を私的に流用してしまったのであるから重い罰が課せられて、あたら一生を台無しにしてしまうのだ。

搭乗員にしてみれば、主計課のやったことであっても羨望の鉾先は自分たちで、搭乗機を整備してもらう人に怨まれるのが恐ろしく、かといって直接届けるのもへつらうようで憚れるのか、私たちを使っていたのである。

他隊の出撃になってからは縁が切れたが、それでもどこかで出会うとどちらからともなく頬笑むことぐらいはつづいていた。

嗜好品は、ないとなると淋しいものである。

そのころ、機材を受領に一国へ行くと、町中で珍しい陸軍の兵隊を大分見かけた。

電信室で聴いた話によると、

「沖縄の次は九州へくるということで、上陸地点を吹上浜と想定して防備を急いでいる」のだそうだ。

吹上浜というのは、薩摩半島の東シナ海側で、ちょうど鹿児島市の背後にあたり、野間岬から串木野にいたる長い海岸線である。

敵機動部隊を迎え撃つ航空戦力欠乏で、陸軍歩兵部隊を頼るしかないのかと思うと淋しい限りだったが、いよいよ本土決戦となれば、五航艦の総力をもって陸軍部隊と呼応して米軍の上陸を吹上浜で食い止めねばならぬ危機感に緊張して、決意を新たにした。

耳を疑う「停戦命令」

そんなところへ、八月三日、五航艦司令部がなんの前触れもなく鹿屋から大分へ移動したことを知らされた。

理由は定かでなかったので、司令部は安全地帯へ後退したのではないかという憶測が流れて、ますます米軍の吹上浜上陸説が真実味を帯びてきた。

私たちが受信した電報を暗号班が解読したなかに、

六日、広島に新型爆弾が投下された。

八日、ソ連（現ロシア）が一方的に不可侵条約を破って宣戦布告すると同時に満州（現中国東北部）へ進撃を開始した。

九日、長崎に新型爆弾が投下された。

という電報が入っていたことを知らされた。

それからの私たちは、山の上にいて国分の町の陸軍部隊の動きが判らず、いつ戦闘配置につけとの非常呼集がかかるのか、傍信電報を集めての情報を頼りにしながら、司令部からの電話連絡を待つ緊張の日々がつづいたなかで、ある日突然、耳を疑う、

「停戦命令」

を受けて唖然とさせられたのである。

しかし、私たちが山の上の台地にいてなにも知らずにただ待機しているあいだに、一国の七〇一空司令部や、美保基地では大変なことが起こっていたのだ。

近年の取材で知ったことであるが、七〇一空の停戦解隊に繋がってゆくことなので以下に述べてみる。

江間飛行長の温情

江間飛行長がK一〇三、K一〇五の残存隊員を伴れて美保基地へ移動し、再々建の猛特訓をさせていることはまえに述べたが、その懸命な錬成の甲斐あって、八月上旬には彗星八十機を擁する精鋭部隊に復活した。

そこへ、大分へ移転した五航艦司令部から一個中隊派遣を命じてきた。

司令部所在の基地に攻撃飛行隊がいなくては恰好がつかないということにでもなったのだ

ろう。

いつもは決断の早い江間飛行長が、このときは派遣隊長の選任に珍しく迷ったという。

Ｋ一〇五は隊長本江博大尉、分隊長中津留達雄大尉であった。

二人は海兵七十期の同期生であったが、七〇一空では本江大尉のほうが先任であった。

五航艦司令部への派遣隊長は当然先任の本江大尉であったが、中津留大尉が大分から近い津久見市徳浦の出身で、昨年結婚したばかりの新妻保子が留守宅をまもり、この七月末に女児を出産していた。

人情家の江間飛行長は、

（家族に会わせてやろう）

の温情から、中津留大尉を派遣隊長に命じた。

中津留大尉は、江間飛行長の厚意を謝して大分へ出向した。

そして、わが子の御七夜に津久見の実家へ戻って対面し、愛娘に鈴子と命名して再会をたのしみに帰隊した。

混乱の八月十五日

そして、八月十五日を迎えた。

美保基地の七〇一空は、関東、東海方面に来襲中の敵機動部隊撃退のため、この日の朝、一部を擧母（ころも）（現豊田市）へ進出させる準備をすすめていたが、正午に天皇のラジオ放送があるとのことで、拝聴後出発に変更した。

江間飛行長のことだから、せめて今生の名残りに陛下の玉音を拝聴させようと考えたのであろう。

搭乗員全員を指揮所に集合させたのだが、玉音は雑音が多くて聴きとれず、江間飛行長は、

(要するに、しっかりやれとのお言葉であろう)

そう理解したが、間もなく擧母進出は取り止めになったという。

いっぽう、大分基地では、一〇〇〇ごろ七〇一空搭乗員宿舎に当番兵が、

「搭乗員全員飛行場に集合」

を伝達にきた。

気儘に寛いでいた隊員たちは、

「すわ、出撃」

ただちにそう反応して、素早く半長靴を突っかけると、手にした飛行服を身に着けながら指揮所へ駆け付けたことであろう。

五航艦参謀の命令は、

「敵艦隊が本土上陸を目差し、東シナ海を済州島に向けて北上しているとの報により、これを攻撃する」

であった。

機付整備員が入念に試運転しているあいだ待機して互いに励まし合っているところへ、ま

たも当番兵がきて、

「敵艦隊は本土上陸を中止し、沖縄に反転した模様につき、攻撃は取り止めになった」

ことを告げた。

「反転した模様」

であるから、確実にそうだとはいっていないわけだ。

艦隊が突然海中に潜ったり、羽が生えて飛んで行くはずはないから、一時見失ったわけで、こういうときはいつまた発見するか判らない。

そういう状態にあっては、宿舎に帰っても落ち着かないであろう、飛行場隅の日陰に散って差し入れの弁当で昼食をすませると、所在なく寝転がって休息した。

正午に玉音放送があったことは伝えられたが、それが停戦なのか終戦なのか然とは判らず、憶測が乱れ飛んだようだ。

司令部も正確に拝聴しておらず、聯合艦隊司令部からの通達を待つことが混乱を招いた。

最後の特攻命令

電波状態が悪く、雑音混じりで跡切れがちの玉音放送ではあったが、宇垣長官はこのあとの行動からこれが陛下の無条件降服宣言であることは判っていたはずである。

(国家の不滅を信じてその楯となり、南溟深く眠る青少年特攻隊員たち多くの犠牲と引き換えに得たものが無条件降服とは、あまりにも情なく顔向けが出来ない)

多分深く心痛したであろう宇垣長官は、せめてもの償いに、

(特攻を実施した最高責任者として、彼等とおなじ最期を遂げなくては幾多の英霊に対して申し訳が立たない)

そう覚悟を決めたに違いない。

そこまではよかったのだが、

「七〇一空大分派遣隊は、彗星五機をもって沖縄の敵艦船を攻撃すべし。本職これを直率する」

命令を下した。

その方法がいけなかった。

参謀長横井俊之少将が、懸命に出撃を止めたのだが、

「最高指揮官として、このままおめおめと生き恥は晒せぬ。君たちも武人ならどうか私に死場所を与えてくれ」

そう言って、頑として諾き入れようとはしなかった。

宇垣長官とともに彗星五機で出撃を命ぜられた七〇一空派遣隊長中津留達雄大尉は、十名に限っての人選に苦慮した。

玉音放送があったとはいえ、まだこの時点では停戦命令は聞かされていなかったから、戦闘終了の感覚などは微塵もなく、長官直率の異例出撃の栄誉に浴したいものと、われもわれもの申し出で収拾がつかなかった。

やむなく、中津留隊長は故障機を外して、十一機二十二名とした。

◇八月十五日の宇垣特攻隊

(操)中津留達雄　大　尉　海兵70期
(偵)遠藤　秋章　飛曹長　乙飛9期
(操)伊東　幸彦　中　尉　海兵73期
(偵)大木　正夫　上飛曹　乙飛17期
(操)山川　代夫　上飛曹　丙飛
(偵)北見　武雄　中　尉　海兵73期
(操)池田　武徳　中　尉　予備学生13期
(偵)山田　勇夫　上飛曹　甲飛11期
(操)渡邊　操　上飛曹　甲飛11期
(偵)内海　進　中　尉　予備学生13期

(操) 後藤　高男　上飛曹　丙飛
(偵) 磯村　堅　少　尉　予備生徒1期
(操) 松永　茂男　二飛曹　乙(特) 1期
(偵) 中島　英雄　一飛曹　乙飛18期
(操) 藤崎　孝良　一飛曹　丙飛
(偵) 吉田　利　一飛曹　乙飛18期
(操) 川野　和一　一飛曹　乙飛18期
(偵) 日高　保　一飛曹　乙飛18期
(操) 二村　治和　一飛曹　甲飛12期
(偵) 栗原　浩一　二飛曹　甲飛13期
(操) 前田　又男　一飛曹　丙飛
(偵) 川野　良介　中　尉　予備学生13期

宇垣隊出撃

一六〇〇、五航艦司令部食堂で宇垣長官別離の宴がささやかにひらかれた。

再考を説得出来なかった十二航戦司令官城島高次少将、七十二航戦司令官山本親雄少将、三十航戦司令官田口太郎少将も出席して訣れを惜しんだ。

席上、宇垣長官は、

「ついに任務を達成出来ずに終戦となったからには、身をもって沖縄に突入する。あとはよろしく頼む」

そう簡潔に挨拶すると、微笑をうかべて盃を上げた。

宇垣長官が、司令官や幕僚たちと三台の車に分乗して飛行場に着いたのは、一七〇〇すこしまえであった。

車から降りた宇垣長官は、濃緑色の第三種軍装に戦闘帽姿で双眼鏡を首からかけ、右手に山本元帥から贈られた遺品の脇差をしっかり握っていた。

飛行場では、すでに十一機の彗星が試運転中で、中津留大尉以下二十二名の搭乗員が指揮所前に整列していた。

それを見た横井参謀長が走り寄ってきて、

「指揮官、命令は五機のはずではないか」

そう咎めると、

「長官が直率なされる隊が、たった五機では淋し過ぎます。わが七〇一空派遣隊は可動機全機でお供をいたします」

　中津留大尉は、当然だと言わんばかりに答えた。

　この遣り取りを聴いていた宇垣長官は、出撃隊員の前に用意された折り畳み椅子の上に立つと、

「これより沖縄に突入する。私につづく者は手を挙げよ」

　その問いかけに、全員間髪を容れず気迫の籠もった挙手をした。

「そうか、みんな一緒に征ってくれるか。私はこの攻撃の成否に拘わらず生きては還らぬ覚悟である。もし不成功に終わるようなことがあれば機上に於て割腹する」

　そう言って微笑しながら脇差を突き出して見せたが、この期に及んでもなお二十二名の逞しい青少年たちに慕われているとでも思ってか、眼にうっすらと涙をうかべていた。

　指揮所前につくられた食卓に鯣（するめ）が並べられ、幕僚が各自のコップに白鶴一級酒を注ぎ回って別盃が交わされた。

　そのあと、各組（ペア）が搭乗機前に整列して宇垣長官を迎えた。

　中津留隊長機の前で車を降りた宇垣長官は、組の遠藤飛曹長に、

「交代せよ」

　と命じて、さっさと偵察席に乗り込んでしまった。

　長官機は別に用意されると思い込んでいた遠藤飛曹長は慌てた。

「長官、そこは私の席です」

譲らぬ宇垣長官の股のあいだに強引に潜り込んだ。

この出撃の攻撃目標は、空母、戦艦、その他の艦、地上施設の順で、十一機を四小隊に分け、奇数小隊は太平洋を、偶数小隊は東シナ海を沖縄に向けて進撃する。

そして、敵のレーダーに捕捉されぬために、高度七五〇〇メートル以上を単独飛行することに決められていた。

宇垣長官搭乗、中津留隊長操縦の三人乗り彗星一番機が滑走をはじめたとき、見送る基地隊員たちのなかから、

「帽振れッ」

の叫び声が挙がり、一斉に千切れんばかりに振られた。

訣別の辞

最後に飛び立った前田一飛曹操縦の川野中尉機は、整備に手間どったために一機だけ大分遅れてしまった。

実は、この機は中津留機で、発動機（エンジン）の調子が悪かった。

「長官直率の隊長機が、万一途中で故障しては困る」

そう川野中尉が口説かれて、渋々交換させられたのだ。

果たして、飛び立って間もなく宮崎上空あたりで機体震動が起こり、燃料（ガソリン）が吹き出したので南下を断念して沖へ出ると、爆弾を投棄しておいて志布志湾の海岸に不時着した。

東シナ海を南下した二村機は、甑島の上空あたりで機体変調を起こしたので、やむなく爆弾を海中に投棄しておいて、川内川の河口に近い海上に不時着した。

太平洋側を南下した川野機は、沖縄本島近くまで行ったが、敵艦船を発見出来ず、燃料が懸念されたので爆弾を投棄して引き返し、辛うじて鹿児島湾に不時着したのだが、衝撃で日高一飛曹が狭い偵察員席の眼のまえにある鉄製の空二号無線機で頭を割られ即死した。

最初に打電してきたのは磯村機で、

「一八三〇発見突入」

の報であったが、まだ沖縄到達の時刻ではなかった。

一九二四に長官機から、

「訣別電発信せよ」

の指令がきた。

司令部に預けた『訣別の辞』を発表しろというのだ。

> 過去半歳に亘る麾下各隊将士の奮戦にも拘らず、驕敵を撃破し皇国護持の大任を果たすこと能はざりしは本職不敏の致す所なり。本職は皇国の無窮と天航空部隊特攻精神の昂揚を確信し、部下隊員が桜花と散りし沖縄に進攻、皇国武人の本領を発揮し驕敵米艦に突入轟沈す。指揮下各部隊は本職の意を体し、凡ゆる苦難を克服し、精強なる皇軍の再建に死力を竭し、皇国を万世無窮たらしめよ。

大元帥陛下万歳。

昭和二十年八月十五日一九二四　彗星機上より

この一時間後、

「我奇襲に成功せり」

の打電が入り、つづいて、

「我突入す」

のあと長符（──）がいつまでもつづいていたという。

なぜ若者を道連れに……

だが、長官機が目標に突入するといっているのに、米軍側に確かな被害記録がないのが不思議だ。

この日、沖縄の米軍基地(キャンプ)では、皓々と明かりをつけて戦勝パーティーをひらき、騒ぎまくっていたというからまったく無防備だったはずで、損害のないのはおかしい。

ひょっとして、宇垣長官は敵艦船への体当たりではなく、自決の場所に沖縄の海を選んだのではないだろうか。

だとすれば、司令長官という武人の高位にあった者が、なぜ一人で清算せずに将来ある若者たちを道連れにしたのか、十七名の家族ならずとも憤りを禁じ得ない。

また、江間飛行長にとっても、中津留大尉を道連れにされたことは、かけた温情が仇になってしまったわけで、どんな思いだったことか、その心中は察するにあまりある。

ときの聯合艦隊司令長官で、海軍総隊司令長官と海上護衛総司令長官をも兼務していた小澤治三郎中将は、この三期後輩の最期の様子を知って、庇うどころか、

「玉音放送で大命を承知しながら、私情で部下を道連れにするとはもってのほか。自決するなら一人でやれ」

そう激しく難詰したという。

部下に十死零生の特攻戦法を強制した最高指揮官が、その責めを負って自決するのに、せっかく生き残った若者たちをわざわざ道連れにするとはなんたることか。

小澤長官の叱責こそが、軍団を統率指揮した高級将校の武人としてとるべき方法だったのではないだろうか。

戦い熄んで

七〇一空解隊

十五日正午に天皇陛下の玉音放送があって、翌十六日に大本営はようやく〈停戦〉を発令したのだが、実施部隊は渾沌としていて戦闘終結までにはいたらなかった。

そして、十七日に七〇一空司令榎尾義男大佐は、五航艦司令部から大分派遣隊の補塡を命

ぜられ、美保基地から十二機を送り込むと、終戦か続行かの確認に大分の司令部へ出向いた。

だが、五航艦司令部は、宇垣長官亡きあとの収拾におおわらわで埒が明かなかった。

現在でこそ太平洋戦争の終戦日を知らぬ者はいないであろうが、このときは、まさに青天の霹靂で、未曽有の大事であったから、怪情報が乱れ飛び、指示命令系統は大混乱していた。

実は、八月三日に内示があって、宇垣長官は新編制される連合航空艦隊司令長官に親補され、後任には元聯合艦隊参謀長だった草鹿（くさか）龍之介（りゅうのすけ）中将が着任することになっていたのだが、十七日付だったため長官空席の状態だったのである。

榎尾司令は、やむなく十八日に横須賀へ飛んで上京し、海軍省で事情説明を受けて終戦を確認すると、二十日に国分へ戻り、直ちに美保と大分の派遣隊に本隊への帰隊を命じて、翌朝全飛行隊員を集結させた。

隠蔽機も含めた百機あまりの彗星艦爆が飛行場に並んだ光景は盛観で、再々建成った七〇一空の戦力健在を誇示していた。

だが、榎尾司令から終戦のご聖断が明らかになったことを告げられると、暫し唖然としていた搭乗員たちのあいだからやがて鳴咽が漏れて、伝播していった。

「全員いったん休暇帰省するが、原隊復帰の連絡あり次第直ちに集合せよ。ただいまより七〇一空を解散する。まず機体とともに搭乗員を先とする。第一団出発は一四〇〇」

これが榎尾司令の訓示と解隊宣告であったが、全員寂として声なく、ここにいたってもまだ悪い夢を見ているようで、突然の帰郷命令が信じられず狼狽（うろた）えていたという。

搭乗員を優先復員させるというのは、進駐してくる連合軍将兵との不測の事態を避けるためだったのだそうで、搭乗員たちは出身地別に分乗して最寄りの飛行場へ着陸後、乗り捨てろの指示を受けると、互いに連れ立って慌ただしく飛び立って行った。

二国を去る

これらのことはまったく知らず、二十一日にいきなり、

「終戦、解隊」

を宣告された私たちは、茫然自失した。

なにがなんだか判らぬままに、暗号員と一緒に穴を掘り、暗号書や機密文書を集めて焼却した。

戦利品にされるのが口惜しくて、無線機も壊そうとしたのだが手に負えなかった。

烹炊所から食糧品をもらってみんなで分けた。

私は、牛肉と魚の缶詰め数個と乾麵麭（パン）、それに米一升と砂糖を少量受けとり、衣嚢に入れた。

私たちは、これを提示すれば汽車賃は無料（ただ）だという『復員証明書』を渡されて解散になった。

私が、衣嚢に衣服や食糧品と毛布一枚を詰め込んでいるあいだに、先輩たちはいつのまにか去っていってしまった。

着た切りでよれよれの略服略帽に衣嚢を担いだ惨めな恰好で、基地の人たちが三三五五歩いて行くあとについて、国分ではなく隼人へ出る初めての道を降りていった。

神風特別攻撃隊の戦死者は三千五百名余りといわれているが、いずれも十代後半から二十代前半にかけての青少年たちであった。

復員列車

隼人駅にて

二国基地の十三塚原台地から衣嚢ひとつ担いで山を降り、一時間ほど歩いて隼人の町に着いた。

国分より小じんまりした町であった。

町中に鹿児島神宮があった。官幣大社と書かれているから社格の高い神社なのであろうが、なぜ鹿児島市ではなくここに造営されたのか不思議だった。

戦い敗れて解隊になり、家族の許へ帰って行くのに〈武運長久祈願〉でもあるまいと思ったが、素知らぬ振りをして通り過ぎるのも気が引けたので、鳥居を潜って境内に入り本殿の前に立って参拝した。

そのあと、真っ直ぐ駅へ行ったが、隼人駅は汽車を待つ復員軍人で溢れていた。もう構内へは入れなかったので、駅舎の外で呆んやり立っていると、

「どこまで帰るの」

と声をかけられた。

振り向くと、若い女性が二人柵にもたれて立っていた。

「東京です」

そう答えると、

「遠いわねえ、大変だわよ」

年長ぶって同情してくれた。

「汽車はいつくるか判らないわよ。二、三日経てば空くでしょうから、それからにしたほうがいいんじゃない」

親切にそう助言してくれてから、

「うちへ泊めてあげてもいいわよ」

とまで言ってくれた。

二人は隼人の町の小学校で、先生不足のため代用教員をしているとのことであった。

身許は確かなようだったが、私は家を出てから防府通信学校、国分基地と海軍施設のなかだけで暮らしてきていたから、見知らぬ町や他人の家に身を置くことはなんとなく不安だったので、

「早く帰りたいから」

と辞退した。

「そうだわね。まだお父さんやお母さんのところへ飛んで帰って甘えたい年齢頃よね」

そう侮辱的なことを言っておいて、それでも気になるのか、

「もし、途中でなにか事故でもあって行けなかったら帰っていらっしゃい」

といって、私の海軍手帳に住所と氏名を書いてくれた。

隼人駅でどのくらい待ったか正確には覚えていないが、とにかく待って待って待ち草臥れて、漸くやってきた汽車に鮨詰めながら乗車出来てほっとした。

汽車は、国分へきたときの日豊本線ではなく肥薩線といい、九州の真ん中を北上して人吉へ出て、西側を走っている鹿児島本線の八代というところまで行くという。

（来るときは東側で、帰りは西側か。九州を一周するんだ）

気を揉んでいたが、どうやら汽車に乗ることが出来た安堵から、このときはまだそんな暢気なことを考えていた。

隼人を発車して、次に停車した駅は日当山であった。

一国から二国へ移るときに途中休憩した、あの大正館がある温泉駅であった。

そうすると、二国基地の十三塚原の下を通っていた汽車がこの肥薩線だったのだということが判った。

このときはもう禁止されていたが、昨日殺到して客車に乗り切れなかった復員軍人が連結器や屋根にまでしがみついていて、大事故になったということであった。

それは、この先にある急勾配の長い隧道の中で起こった。

急な上り坂になっているために、定員の倍以上も乗車している客車を引っ張り切れず、機関車が熾（さか）んに石炭を焚いたその煙りを吸って屋根や連絡器から線路上に転落したところを、上れぬ汽車が後退（バック）して轢（ひ）き殺してしまったのだそうだ。

その長い隧道を無事に通過すると、盆地が展けて人吉という駅に到着した。

そこから汽車は、山間を球磨川（くまがわ）の渓流に沿って下って行った。

川原で聞いた噂

終点八代（やつしろ）駅に着いたときは、もう夕方近くになっていた。

正月に三田尻から九州へ入り、小倉から日豊本線で国分にきたときは、同期生たちと一緒だったので長旅も退屈しなかったが、それに較べればたいした距離ではないのに、立ち通しだった満員鮨詰めの人のなかにいながら、誰一人気楽に話せる知人はおらず、ただ人で埋まっているわずかな隙間から窓外の景色を垣間見るだけの退屈な時間は随分長く感じられた。

八代駅は、関門海峡の門司（もじ）駅まで行く鹿児島本線との乗り換えであるのに、全員いったん駅舎から外へ出て整理券を受け取ると、近くの球磨川の広い川原へ並ばされた。

私に渡された整理券の番号はもう忘れてしまったが、いつまで待ったら乗車出来るのか判らないような気の遠くなる数字が並んでいたことは憶えている。

人吉からの急流がここまでくるとかなり川幅が広くなって、ゆったりと流れていた。

もう河口らしく、八代は海に近いのだと思った。

夕闇が迫っても動きがないので、今夜はここで野宿かと覚悟したものの、もし雨になったら逃げ場がないと心細くなった。

所在なく、暮れゆく川面に呆やり眼を遣っているとき、ふと前方に並んでいる数人の仲間の話し声がきこえてきた。

「門司で豪州(オーストラリア)兵の荷物検査があって、軍人と判ればみな豪州へ連行されるそうだぞ」

「どこでそんなことをきいてきた」

「いま駅の便所へ行った帰りに、前の方の奴らが話していた」

「本当か。おいどうする」

「写真や手紙は全部焼き捨てたろうが」

「それは始末したが、三種軍装に戦闘帽のままだし、衣嚢には大きく兵籍番号と氏名が書いてある」

「うむ。どう処分するかだが、このぶんではいつになったら九州を抜けられるか判らんから、それまでにゆっくり考えようや」

それが彼らの結論であったが、私は搭乗員からもらった写真と、大勢の人がおりおりに想い出の歌謡曲の詞を署名入りで書いた雑記帳(ノート)を持っていた。

このときはまだそれらの人々のことはなにも知らないでいたのだが、それでもこの写真と雑記帳はどうしても持ち帰らなければならないと思っていた。

もしそれらを処分したとしても、衣嚢や着衣を捨てることは出来ないし、缶詰めは軍用品であることが一目瞭然であった。

(さて、どうしたものか)

私は思案にくれたが、果たして門司で豪州兵の検閲があるかどうかも判らないのに、

(幻に怯えても仕方がない。事実と判ってから考えよう)

そう踏ん切りをつけると気楽になった。

やがて、月が昇った。今夜は雨にならずにすみそうだった。

俺と一緒に行こう

そのころになってこんどは前の方から、

「誰か食糧を分けてくれないか」

と言いながら、呼び止められることを期待してか、ゆっくり歩いてくる男がいた。

だが、誰も人に与えるほど余分に持っている者はいないようだった。

私は、二国で食料品が分配されたとき、先輩たちが見向きもしなかった乾麵麭を軽いのでもらい受けて衣嚢に詰め込んできていた。

「乾麵麭なら持っている」

ことを告げると、

「いやあ、有難う」

そう言いながら私の耳許に口を寄せて、

「整理券が二枚あるから、俺と一緒にこい」

と呟くと、私の肩を抱くようにして列の外へ連れ出した。

彼は、私と違って食品はすぐ出せるように別袋に入れて持っていたのだが、どこかの駅で便所へ行った隙に盗(と)られてしまったのだそうだ。

食糧にありつけて安心したのか、彼は座席に坐ると居眠りをはじめた。

この鹿児島本線は、入場制限したおかげで鮨詰めではなく、通路に自分の衣嚢を置いて一列に腰掛ける程度の混み具合であった。

私たち坐れた者も用心して、衣嚢を両脚で挟んだ。そうしておけば睡眠中に盗られる心配はなかった。

私も、いつか睡魔に襲われて、朦朧としてきた。

こうして、帰路に就いた一日目は無事に終わったのだが、それからが大変だった。

避けることの出来ない地獄が待っていた。

道のりは遠く

鉄道寸断

夜が明けたが、汽車はどこだったか忘れたが大きな駅に停まったまま動かなくなった。

すばしっこい奴が歩廊(プラットホーム)に降りて、どこかから木片を拾い集めてくると、飯盒(はんごう)で飯を炊きはじめた。

私は、窓越しにその様子を見ていて、

（あの飯盒が空いたら貸してもらって、持っている米を全部炊いて握り飯にしておこうか）

ふと、そう思い付いたのだが、すぐに、

（この暑さでは長くもたないだろうから、乾麵麭のあるうちはそれですませておこう）

そう思い直してやめにした。

駅名が思い出せず残念だが、その大きな駅でずいぶん待たされてようやく発車したと思ったら、二つ三つ先の駅でこんどは停車しただけではなく降ろされてしまった。

空襲で線路が破壊されているのだそうだ。

仕方なくみんな荷物を担いで、次の駅まで土埃りの舞い上がる道を、ぞろぞろ歩いて行った。

乗っていると駅と駅との間隔はさほど長く感じられないが、歩いてみるとかなり距離のあることが判る。

汗が吹き出て、咽が渇き、呼吸が上がって足許がふらついてくる。

彼は大柄ではないが、がっしりした体軀で持久力があったが、宿舎から烹炊所と通信室を行き来するだけで、あとはもっぱら無線機の前に腰掛けていた私には耐久力がなかった。

やっと次の駅に辿り着いて汽車を待ち、ようやく発車したと思ったらまた降ろされた。

こんどは、駅前に地元の日焼けした人たちが荷車を持って待っていて、みんなの荷物を運んでくれるというのでたすかった。

荷車は、大八車とリヤカーで、山と積んだ荷物を筋肉隆々の腕で牽いて行く背後からぞろぞろ徒いて行けばいいので、荷物がないだけ楽なのだが、それでも、ひと駅歩くのは辛かった。

運搬代金は、大小に関わらず一個いくらの均一だったから面倒はなかったが、なかにはちゃっかり娑婆では貴重品の衣類や半長靴などを強請る者がいて、それをくれ、これはやれないの悶着が起こった。

八代から福岡にかけては、東側の宮崎から福岡よりもとにかく陸軍の航空基地が多かったから、かなり爆撃が激しかったようで、鹿児島本線は不通箇所が多く、そのたびに降りて歩いて、また乗っての繰り返しで遅々として進まず、うんざりさせられた。

雑記帳と写真だけは手放せない

こんなことではいったいいつ家へ帰り着けるのか、この先の情況次第では帰れないかも知れないという心配が頭をもたげはじめた。

一人だったらとても不安で堪らなかっただろうが、彼と一緒だったので話が出来て退屈しなかったし、だいいち心強くて救われた。

きっと神様が私の一人旅を慮り、彼と出遭わせてくれたに違いないと感謝した。

彼と一緒だったから、帰れないとなったらそのときに考えよう、と肚を括れたのだった。

そう肚が据わると、門司に豪州兵がいるという噂話も気にならなくなった。

衣嚢と内容品は捨てられても、雑記帳と写真を手放すことはなんとしても出来なかった。

衣嚢や衣服などはどこにいてもおなじだったが、雑記帳と写真は私が昭和二十年の春確かに国分基地にいたことの証しであった。

だから、その雑記帳と写真を手放すことは、同時に国分基地での忘れられぬ記憶をも消し去ることになるのだ。

そんなことは断じて出来ない。

着衣を見れば軍人だったことは一目瞭然なのだから、雑記帳と写真を持っていようがいまいがおなじことであるはずだった。

門司まで行って豪州兵がいなくても、関門隧道が破壊されていれば本州へ渡れないし、その先もどうなっているかまったく判らない。

親元へ帰れないなら、豪州へ連行されてもおなじことであった。

そこまで思い詰めて行くと、もう、

(なるようになれ)

と思うよりほか仕方なくなった。

そうなると、不貞腐れて、

(矢でも鉄砲でも持ってこい)

の心境になり、この世に恐いものなんかないと度胸が据わった。

その日は、日がな一日おなじことの繰り返しであったが、それでもどうやら福岡を通って夜になったが門司駅に着くことが出来た。

ここまでずっと豪州兵の検閲のことが気懸かりだったのだが、きてみると案に相違してそんな気配はまったくなかった。

根も葉もない噂話だったことが判って、ほっとした。

咄嗟の機転で乗車

関門隧道も無事だということで、乗り換えるために足取り軽く下車したのだが、本州行きの出発番線は階段の上まで人が溢れていて、汽車が入ってきても乗車出来る状態ではなかった。

（この分では、いつになったら乗れるのか）

不安になった。

すると、彼が、

「おい、あっちへ行こう」

と私を誘った。あとを従いて行くと、隣りの番線に降りていった。

そのプラットホームは電灯が消されていて人影もなく、隣りの出発ホームの薄暗い裸電球のなさけで辛うじて足許が判る程度であった。

彼は最後尾の真っ暗いほうへどんどん歩いて行った。

そして、光りの届かないところで蹲ると、私も屈ませておいて、乗車方法を説明した。

「汽車が入ってきたら線路に降りて駆け出す。汽車が停まったところで俺がこちら側の扉から入り、衣嚢と貴様を引き入れる」

当時の客車の扉は手動式で、把っ手を回せば車外からも開けることが出来た。

私は、彼の咄嗟に判断して素早く対応する機転に舌を巻いた。

成功するとは信じられなかったが、ほかに対案は考えつかなかったので、彼の方法に従うことにした。

やがて蒸気を吐く音が近づいてきて、闇の中から黒い塊りが現われた。

私たちは、機関車をやり過ごすと線路に飛び降りて、並んで駆け出した。

汽車が停車したところで私たちも止まり、彼が客車に攀じ登って扉を開けた。

私は衣嚢を二回頭上に掲げて渡しておいてから、自分の両腕を思い切り高く伸ばして吊り上げてもらった。

書けばそれだけのことなのだが、実際にはそう簡単に成功したわけではない。

なんども繰り返して、ようやく成し遂げたのである。

そのあいだ、ホームから乗車しようとした者たちは、先を争って入口に殺到したので、縺れて入れずにいたから、私たちは手間取っても早く座席につくことが出来た。

私たちは向き合いに腰掛けて、衣嚢を両脚で挟む姿勢をとると、ほっと一息吐いてから、成功を祝って密かに頬笑みを交わした。

焼け野原の衝撃

汽車が関門隧道を抜けて下関に着いたとき、ここから家族の疎開している南信州の伊那谷までは陸続きだと、少しだけ帰れる希(のぞ)みが湧いたが、しかし、そこまで鉄路は無事に繋がっているだろうか、大河をいくつも渡らなくてはならないが橋は大丈夫だっただろうかという不安はまだ払拭されていなかった。

汽車は山口県に入ってから、まだ大分先ではあるが、防府海軍通信学校へ入校するときと、国分基地の七〇一空へ赴任するときに乗り降りした三田尻駅を通るはずで、夜で駅前の様子は見えないだろうがせめて駅舎だけでも見ておこうと、懐しく思っていたのだが、終日降りては歩き、歩いては乗った疲れがどっと出て、いつかぐっすり寝入ってしまった。

山陽本線は鹿児島本線ほど寸断されていなかったので、その日の夕刻神戸までできた。神戸駅の周辺は、見渡す限り焼け野原で、廃墟すら残っていない瓦礫の山だったのには度肝を抜かれた。

私たちのいた前線基地が受けた空襲は、もっぱらヘルキャットと称(よ)ばれるグラマンF6F戦闘機の銃撃だったから、被害はあまり目立たなかったが、東京、名古屋、大阪、神戸などの大都市はB29の焼夷弾による絨毯(じゅうたん)爆撃だったというから、こんな惨状になってしまったのだろう。

特攻基地や戦闘部隊の駐屯する町ならば、やらなければやられるのが戦争だから致し方ないが、一般市民の住居地域をも情け容赦なく破壊し尽くすという無差別な遣り口の爪跡を眼のまえにして、私も彼も無性に肚が立った。

大阪に着いたときは夜になっていたので、被害状況は確認出来なかった。

彼の実家は、大阪の高槻（たかつき）だといっていたので、そろそろ別れのときがきた。

彼は実家が無事かどうか心配していたが、大阪から乗ってきた人が、

「高槻は京都に近いから、無事だった」

と教えてくれたので愁眉をひらくと、

「おい、俺の家へ寄って行け」

突然そう言った。

「いや、このまま行くよ」

「俺がたかったから食糧もなくなっているし、この先もどうなっているか判らんから、とにかく長旅の疲れをとって元気で帰れよ」

ここまで辛うじて乏しい食糧を分け合ってきたことを恩義に感じているらしく、彼は執拗に迫った。

私は、彼が実家へ帰り着けるのが羨ましく思われて先を急ぎたかったのだが、もし彼のいうように進行がもたつけば生米で空腹を満たすわけにもいかず、立っているよりはましとはいえ、そろそろ固い木製椅子に腰掛けたままの姿勢も尻が痛くなってきていたので、彼の誘いに応ずることにして、一緒に高槻駅で降りた。

懐かしき母の許へ

乾瓢の海苔巻き

彼の母が、蚊帳を吊ってくれた蒲団のなかに転げ込んで思い切り手足を伸ばしたところまでは憶えているのだが、あとはもう深い眠りに落ちていった。

「おい、腹減ったろう。飯食えよ」

彼の呼びかけにようやく眼が覚めた。

「よく寝たな」

そう言う彼も少しまえに起こされたのだという。

「死んでいるんじゃないかと思ってね」

呆れ顔の彼の母の話によると、今朝は翌日ではなく翌々日なのだそうだ。

難行つづきの疲労と、空襲や非常呼集のない気楽さから、前後不覚に寝入ってしまったようだった。

高槻を発つとき、彼の母は乾瓢（かんぴょう）の海苔巻きをつくって持たせてくれた。

息子が食い繋がせてもらったお礼だといって差し出されたので、私は困って持っていた生米を置いてゆこうとしたのだが、

「もし途中でなにかあったとき、米を出さなければどこも泊めてくれないから持っていなさ

い」

そう言って受け取らなかった。

彼が高槻駅まで送ってきて、満員の車両の窓を敲いて開けてもらい、車内へ押し込んでくれた。

窓際に陸軍の将校が腰掛けていて、乗せてくれたのだった。

京都、大津、草津と乗り換え駅で乗客は少しずつ降りてゆき、米原で陸軍将校の前の席があいて腰掛けられた。

車内が空いたので、弁当を食べることにした。

軍服に中尉の襟章をつけた陸軍将校は、小型の柳の枝を編んでつくった弁当箱から握り飯を出して頰張った。

私が海苔巻きの入った包みを開くと、中尉は、

「ほお」

と懐かしそうな声をあげたのですすめると、代わりに握り飯をひとつくれた。

食事のあと、問われるままに国分から帰ってきたときのことを話すと、

「大変だったな。だが実家へ帰れるのだから羨ましい」

そう言うので、

「復員ではないのですか」

と問い返すと、

「事務整理で名古屋へ行き、また大阪の聯隊へ帰らねばならない」

私たちは解放されたが、七〇一空司令部にも後始末する人が残ったのかと思うと、気の毒になった。

陸軍中尉は、話のとおり名古屋に着くと、

「元気でな。頑張れよ」

と声をかけて降りて行った。

夜も更けてきたので、残りの海苔巻きを食べ終わると眠くなってきたが、途中下車するので睡魔に負けまいと頑張った。

ホームで一泊

真夜中に豊橋で下車した。降りたのは私一人だった。

小さな仮小屋のなかで眠そうにしている中年の駅員に、駅前に旅館があるか質したら、

「夜が明ければ判るが、一面焼け野原です。始発までその辺で待ちなさい」

と言われて、驚いた。

土の歩廊に一枚だけ持ってきた毛布を敷いて横になった。

冷たい土の感触が心地よかったが、蚊に襲われて眠れなかった。

それでも明け方には微睡(まどろ)んだらしく、昨夜の中年駅員に、

「始発が入ってきますよ」

と声をかけられて眼を覚ました。

汽車は辰野行ではなかったので、車掌に質ねると、

「中央本線までの通し運行はないから、これで行って中部天龍と飯田で乗り換えなさい」

と教えてくれた。

ほかに誰も乗客はいなかったので、席に腰掛けると衣嚢から乾麺麭の残り十個余りと氷砂糖を取り出して朝食にした。

これで衣嚢の中の食品は、土産に持ち帰る五合ほどの生米と大きな肉缶だけになった。ついでに荷物を整理して、衣嚢の底に隠してきた綴じ糸の切れた雑記帳(ノート)と搭乗員の写真があることを再確認すると、畳んだ毛布の間に入れて、またいちばん底に蔵(しま)った。後生大事にしてきた甲斐あって、ここまでくればもう間違いなく持ち帰れるわけで、ほっと胸を撫で下ろした。

汽車は一路豊川沿いを遡行し、天龍川を目指して北上して行った。

あとがき

戦後六十年も経つと、太平洋戦争はすでに歴史の襞の中に埋もれかけてしまい、未曽有の体験を強いられたこともいまや遠い昔の語り種になろうとしている。

あの戦争の末期、国家存亡の秋を迎えて駆り出された少年たちは、特攻という戦法を命ぜられ、国家防衛の魁となってみずからの手で二十年にも満たぬ短い生命を絶った。

「去る者は日々に疎し」というが、あの暗黒の時代に遭遇した人たちの犠牲があって今日の平和と繁栄があるのだから、あの人たちのことを決して風化させてはならない。

当時、私はまだ海軍の学校を巣立ったばかりの雛であったが、特攻出撃していった先輩たちとおなじ基地にいた者として、あの無謀な戦法に随従させられ、あたら蕾のまま散った人たちの悲劇を語り継がねばならないと思って筆を執った。

戦後育ちの人たちに、皇国史観、国家神道、軍国少年、悠久の大義、醜の御楯などといっても、ただ文字が並んでいるだけでなんのことか理解出来ないであろうから、いちいち註釈を付すことを考えたが、それも煩わしく思われるだろうし、さりとてこの国家ぐるみのマインドコントロールで純粋培養され筋金入りの軍国少年に育て上げられた過程をよく承知してもらわないと、国家防衛の魁となって生命を捧げた行為が納得出来ないことになる。

そこで、私がたまたま昭和六年（一九三一）から二十年（一九四五）にいたる十五年戦争のなかで生まれ育っているので、この異常な時代を生きてきた経緯を述べればなぜ多くの少年たちが特攻戦法命令に従容として死に就いたのかが解ってもらえるかもしれないと思い、細部については曖昧なところがあるので記憶違いや勘違いがあるかも知れないが、十五年間の自分の生きざまから書き起こすことにした。

あの太平洋戦争を総体的に見れば、特攻で散った人たちも侵略戦争の片棒担ぎと見られる向きもあるだろう。だが、経過を辿ってゆけば、アメリカ軍に押しまくられて国家の破局が迫ったとき、同胞の生命を守るために決然と起って殉じたのだということがよく解るはずである。

私は、毎年先輩たちの命日を選んで靖国神社に参拝するが、終戦記念日にはどうしても行けない。

先輩たちの霊前で「負けました」とは言えないし、「犬死だったか」と思わせたくはないからだ。

あの人たちは、もうすこしおそく生まれていれば平和な世の中でもっと長生きして社会に貢献出来たはずだと考えると、将来を期待出来る若い優秀な人材を多く喪ってしまったことが惜しまれてならない。

と同時に、あの戦争さえなければ特攻という無謀な戦法をやらずに済んだわけで、二度と人類を不幸にする戦争を繰り返さないためにも、特攻の悲劇を語り継いで犠牲になった人たちの魂を鎮めなければならない。

あの太平洋戦争では、あまりにも多くの人が殺され過ぎた。

戦争は外交の不手際で起こっている。

武力行使は絶対させないという信念のもとに、主権国家の威信を保ちながら粘り強い平和外交で紛争を解決することに徹してほしい。

執筆中、海軍用語については、おなじ経験をもつ史遊会友の井口一幸氏に調査のご協力をいただきたすけていただいた。

練習生時代の曖昧なところは、同期の小池東三氏の記憶を参考にした。

本稿の執筆に当たっては、終始光人社の坂梨誠司さんにたいへんお世話になった。

ことに参考資料については、私自身が諦めたものにいたるまで的確に探し出していただいた。

なかでも私の所属していた七〇一空については、執筆中に戦記が冊子になっていることを知って古書店を漁ったが、私家版なので流通していないといわれ、残念無念と零(こぼ)したら、なんとどこからか借りてきて下さった。

そのおかげで、「雑記帳」に書いた人たちの消息が判り、どうやら纏めることが出来て有難かった。

ご協力いただいた皆様に衷心より感謝の意を表して、お礼を申し上げたい。

平成十八年三月

千坂精一

主要参考・引用文献

この作品を書くにあたって参考とさせて戴き、資料として使わせて戴いた著作、論文を記して各会及び著者と出版社に厚くお礼を申し上げます。
なお雑誌等は省略させて戴きました。

『七〇一空戦記』七〇一空会
『鎮魂　白雲にのりて君還りませ〈特攻基地第二国分の記〉』十三塚原特攻保存委員会編
『雲ながるる果てに〈戦歿飛行予備学生の記〉』白鷗遺族会編
『神風特別攻撃隊の記録』猪口力平／中島正　雪華社
『特攻』森本忠夫　文藝春秋社
『梓特別攻撃隊』神野正美　光人社

写真提供・著者

単行本改訂　平成十八年四月　光人社刊

NF文庫

特攻基地の少年兵

二〇一七年十一月十五日 印刷
二〇一七年十一月十九日 発行

著 者 千坂精一
発行者 高城直一

発行所 株式会社潮書房光人社
〒102-0073 東京都千代田区九段北一-九-十一
振替／〇〇一七〇-六-五四六九三
電話／〇三-三二六五-一八六四㈹
印刷・製本 図書印刷株式会社

定価はカバーに表示してあります
乱丁・落丁のものはお取りかえ
致します。本文は中性紙を使用

ISBN978-4-7698-3039-9 C0195
http://www.kojinsha.co.jp

NF文庫

刊行のことば

第二次世界大戦の戦火が熄んで五〇年――その間、小社は夥しい数の戦争の記録を渉猟し、発掘し、常に公正なる立場を貫いて書誌とし、大方の絶讃を博して今日に及ぶが、その源は、散華された世代への熱き思い入れであり、同時に、その記録を誌して平和の礎とし、後世に伝えんとするにある。

小社の出版物は、戦記、伝記、文学、エッセイ、写真集、その他、すでに一、〇〇〇点を越え、加えて戦後五〇年になんなんとするを契機として、「光人社NF(ノンフィクション)文庫」を創刊して、読者諸賢の熱烈要望におこたえする次第である。人生のバイブルとして、心弱きときの活性の糧として、散華の世代からの感動の肉声に、あなたもぜひ、耳を傾けて下さい。